旅途遇貓

Encounter cats
on
journeys

林一平 著

目錄

自序／013

卷一 賽末風

一個陌生女子的來信／018
收音機廣播／021
歌唱電報／024
電話百態／027
攝影趣聞／030
海報／034

沙龍／038
駕駛執照／042
賽末風／045
通訊密碼／048
魚骨圖／052
度牒／056

卷二 莫斯科紅場

俄羅斯在台灣／062
莫斯科紅場／066
克里姆林兵器博物館／072
新聖女修道院／076
新聖女修道院墓園／079
救世主大教堂與蔣經國／083
以色列科技部／086
希伯來大學／091

魏茨曼理工學院／095
RSA安全加密／099
本·古里安與猶佛／102
特拉凱城堡／105
維爾紐斯大學／108
柏林大學／112
太陽城卡爾斯魯厄／116
倫敦佛光山／118

卷三 台灣的鴉片戰爭

魚尾獅／122
中央書局／126
宮原眼科／133
奇美博物館／137
台灣的鴉片戰爭／142
巧遇余光中／145
老舍茶館／149
魯迅／152

北大三師／156
怪咖辜鴻銘／159
徐霞客／162
勸學篇／166

卷四

大學的高貴情操

高中的歲月／170
大學的歲月／173
研究所的歲月／176
電線架設工人／180
大學的高貴情操／185
旅途遇貓／188
黃石探索／192
聖塔菲／197
品川拉麵七達人／201

高山稻荷神社／204
永遠的雪風／209
書籍是靈魂的鏡子／214
編輯：作家的推手或殺手／217
鏡花雪月的科學演進／220

自序

二〇二三年八月底，我收到九歌出版社編輯晶惠來信。她整理我之前寫作的短稿，集結成書。她建議書名：「此次想用親切一點的書名《旅途遇貓》，不知是否ＯＫ？」我欣然同意。我相當慶幸，這本書收錄的短文，在太太櫻芳協助下順利完稿。而集結成書時，又有經驗豐富的編輯晶惠來協助完成。

托爾斯泰說：「寫作要修改，改三遍或四遍都不夠。」作家的文章需靠有經驗的編輯來潤稿。如果修飾得宜，文章的價值就會提高。潤稿的訣竅是流暢易懂、內容清晰明瞭。即使作者寫作能力不錯，出版社仍會投入資源請編輯進行潤稿，以確保文章符合出版旨趣。

經驗再豐富的作家也無法編輯自己的作品。你的大腦會對你玩弄把戲，很直觀的以自己的角度書寫，而無法顧及他人能接受的角度。換言之，對你來說很有意義的事物很可能對其他人沒有意義。此時由旁觀者清的專業編輯潤稿後，作品可因重塑後大幅改進其可讀性。九歌編輯扮演著提升我的文章水準的重責大任。

本書分爲四卷。卷一的主題文章〈賽末風〉是我的專業「通訊」的源頭，以視覺爲主的通訊方式。因爲我對〈賽末風〉的專業知識，意外找出《鐘樓怪人》這本小說的一個小錯誤。這是很有趣的經驗。本卷以我喜愛的《週六晚郵報》（*Post Evening Saturday*）爲部分素材，涵蓋科技、文學、社會及管理，嘗試以輕鬆的方式敘述這些面相及事件發生的來龍去脈。

卷二的主題文章〈莫斯科紅場〉敘述我喜愛的廣場之一。遊廣場時讓我想起我最敬佩的蘇聯軍事家朱可夫。他是指揮坦克車的天才，「鋼鐵洪流」的締造者。二〇二二、二〇二三年的烏俄戰爭大家都以爲俄國坦克車會輾壓烏克蘭。沒想到大量的俄國坦克車被烏克蘭廉價的標槍飛彈和無人機摧毀。朱可夫在天之靈應會感嘆不肖後代發動不義戰爭。本卷的文章敘述我遊歷俄國、以色列、立陶宛、德國及英國的奇聞軼事，並進行文化面相的省思。

卷三的主題文章〈台灣的鴉片戰爭〉敘述日據時代台灣先賢如何抗拒日本政府在台灣販售鴉片的過程。由這篇文章，我們可以感受到蔣渭水和杜聰明這些先賢如何爲台灣打拚。卷二的文章以華人世界爲主，包括台灣、中國大陸以及新加坡。烏俄兩國同文同種，卻打得你死我活，讓歐美看笑話。我由衷希望同文同種的華人圈不要重蹈覆轍，本卷文章希望能藉由交流促進華人圈的和諧。

卷四的主題文章〈大學的高貴情操〉敘述如何引導學生的人格。我想起扶輪社倡導的「四大考驗」。這考驗希望每個人與人相處時能思考是否爲眞實之事（Is it the truth）、是否對所有相關人士公平（Is it fair to all concerned）、是否能建立友好和更好的友誼（Will it build goodwill and better friendships），以及是否對所有相關人士有益（Will it be beneficial to all concerned）。四大考驗讓社會祥和，也值得大學師生學習。本卷著重個人修養，希望閱讀後對人生有更積極正面的看法。

卷四中〈旅途遇貓〉爲本書書名，文章敘述我訪問各國時觀察不同文化下貓咪的行爲。我是愛貓人士，能和不同國家的貓兒互動，是很愉快的經驗。因此，本書獻給太太櫻芳、女兒Denise及Doris外，也特別紀念已往生的兩隻貓咪Simba、Latte（圖一）。

這本書付印前（二〇二三年十月）以阿戰爭爆發，而烏俄戰爭仍在持續，讓我感到憂慮。我曾經造訪阿拉伯世界，感受到阿拉伯人和善好客。同樣地，我也到過以色列，體會到猶太人的熱情友好。中東的衝突是全球的不幸。我詢問以色列友人，中東和平是否會來臨？她說，可能留待下一代解決吧。讓我們爲世界祈福，期望戰爭能夠迅速結束，人類能夠重返和平。

圖一：Simba（2005-2019）、Latte（2007-2013）

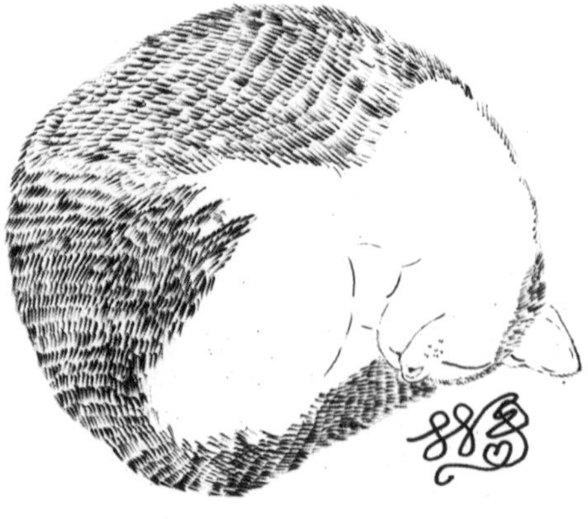

卷一

賽末風

一個陌生女子的來信

二〇一四年四個月內我因公務，匆匆拜訪維也納兩次，接觸到兩位女性，包括奧地利科學基金會（FWF）主席亨弗雷德（圖一），以及奧地利研究推廣署（FFG）主席埃格特（圖二）。這兩位女士風姿綽約，笑容燦爛，個性應該相當陽光。亨弗雷德尤其天眞浪漫，她是天文學家，我請她來台灣，說：「妳來台灣，我帶妳上玉山看星星。」她聽了似乎很高興，露出少女憧憬的表情。

圖一：亨弗雷德（Pascale Ehrenfreund）

圖二：埃格特（Henrietta Egerth）

然而我下意識總覺得維也納女孩命苦，很陰沉暗淡。我一直苦思，不知爲何有此印象。最近才恍然大悟，我是受到著名猶太裔奧地利作家茨威格（圖三）的一本小說的影響。這本小說是《一個陌生女子的來信》（*Brief einer Unbekannten*），描寫一位著名的作家，桃花不斷，和許多女性有一夜情。他在四十一歲生日那天收到了一位維也納女子寄來一封二十多頁的

圖三：茨威格
（Stefan Zweig, 1881-1942）

長信。在信中這位女子自述，從小就暗戀他，默默看著他由出道到成名。這位女子跟他有過三次性行爲，但作家只將她當作一夜情的對象，根本連她的名字都不記得。第三次相會時女孩懷孕。她不肯讓作家知道，爲了撫養小孩長大，含辛茹苦，甚至願意賣淫。後來孩子病逝，女子亦染重病，臨終前終於寫信給這位作家，沉痛地表示：「在我一生最後的時刻，沒有收到過你一行字，我把我的一生都獻給你了，可是我沒收到過你一封信。我等啊，絕望地等著。你沒有來叫我，你一行字也沒有寫給我……一個字也沒有……」作家苦思之後，終於回憶起這位陌生女子的存在，百感交集，撫信茫然。我十三歲時讀這本小說（故事開始時，女主角也才十三歲），想到和我同年齡的女孩竟然會愛上老男人（當時認定這個老男人是茨威格本人），相當不捨。經過四十年，我雖忘掉這本小說，但不知不覺在下意識留下維也納女孩很命苦的印象。直到近日靈光一現，如同書中的男主角一般，恍然大悟，今日之果，是四十年前種下的因。不禁感慨：「寸心聊一轉，道路已深遙。」

收音機廣播

《週六晚郵報》（*Saturday Evening Post*）是我小時候最喜歡的封面畫。最近我在網路上搜尋《週六晚郵報》歷年來的封面，感覺像在翻閱一本歷史書，由各期封面的主題感受到美國社會的演進。我特別注意和電信相關的主題，包括電報、收音機、電話等等。一九二二年五月二十日的封面題目是「Wonders of Radio」或稱「Listen, Ma!」，是一對老夫妻專注地聽廣播。美國在一九二二年開始廣播娛樂節目。圖中老人的膝蓋上有一份廣播節目表（不知是報紙或週刊），很顯然，收音機正在播放歌劇。一九二〇年美國大選的結果首度以廣播方式宣布哈定（Warren Gamaliel Harding, 1865-1923）當選美國總統。哈定執政期間因不當的人事任命，導致醜聞迭出。因此他在美國總統的排名，一向處於倒數的位置。不過哈定很能接受新科技，於一九二二年將收音機引進白宮。早期收音機的天線都是外掛在屋頂，稍微風吹草動，就無法收訊。因此爬上屋頂，調整天線的景象是相當常見的。我模仿畫出一九二五年五月二日的封面，主題是「Radio Reception Problems」，畫了一位胖哥手拿收音機的技術手冊，騎坐在屋脊，想搞清楚如何調整天線。

台灣於一九三一年提供廣播服務。這一年二月一日社團法人台灣放送協會設立，地點在今日台北二二八紀念館（圖一）。在日據時代，如果想在台灣收聽廣播，必須向放送協會提出收音機登記，並且需要繳月費，收聽費定爲月額一圓。除了放送局之外，有些城市的公園內也建置播音亭來進行廣播（圖二）。七月開始採用台灣籍女性播音員，以台語廣播。這一年有不少台灣人在庭院的樹上架設長竿，安裝收聽天線。透過播音員精采的播送，全神貫注地收聽棒球比賽的實況報導。而早在一九二五年的美國，在家中自己架設收聽天線已是普遍的現象。

日本政府支持台灣放送協會是有政治目的，說：「台灣廣播的特色是，首先要讓內地（日本）文化得以延長，讓（台灣）民眾接觸到內地重要都市的各種活動；其次則是要將內地語、內地嗜好等傳授給本島人，同時也要讓在台內地人了解本島人心聲與喜愛本島人的嗜好，亦即要對促進內台融合有所貢獻。」最成功的例子是經由棒球比賽，拉近台灣與日本之間的距離。藉由收音機轉播棒球賽，台灣與日本可同時收聽。這種同步收聽的感覺會拉近收聽者之間的距離，增進親切感。

圖一：日據時期的台灣放送協會台北放送局，今日被改為台北二二八紀念館。

圖二：日據時代台北放送局附屬設施「放送亭」廣播亭（拍攝於台北二二八和平公園）

歌唱電報

我個人對電報這個被淘汰的電信科技一向情有獨鍾，而其原理也一直被重複應用，如簡訊及Line。一九四〇年四月十三日的《週六晚郵報》出現很有趣的「歌唱電報」封面（Singing Telegram）。一般的電報都是以信件方式遞送電報紙。而歌唱電報則是以藝術或幽默方式將內容唱給收信者聽。最早的歌唱電報出現於一九三三年。在那一年七月二十八日有一位歌迷送了歌唱電報給歌星瓦利（Rudy Vallee, 1901-1986），當作生日賀卡。當時美國最大的電報公司是西部聯合公司（Western Union）。該公司原本將歌唱電報的點子當成笑柄（Laughingstock），但很快就發現這是一個亮點服務。由「歌唱電報人」的打扮觀之，可以確定是一位電報報務員。他收到電報後，再撥電話通知收報者，念出電報文給對方聽。當年很多城鎮只有市內電話，而沒有連結到長途電話網路。長途通訊只有靠電報線路。因此遠距通訊會混用電報電路及市內電

圖一：休斯
（Howard Robard Hughes, Jr., 1905-1976）

圖二：赫本
（Katharine Hepburn, 1907-2003）

話。當報務員收到電報後，就利用市內電話，念出電報文給收報者聽。

電報無法像電話一般，提供直接溝通的管道，需要第三者遞送電報內容。然而由第三者遞送電報也有好處，例如致贈結婚賀電時，可以同時附上禮金。這種功能，電話無法提供。而以電報示愛時，附上花束，最恰當不過了。二十世紀有一封有名的電報由大富豪霍華・休斯（圖一）送給美豔女星凱薩琳・赫本（圖二）。一九三七年三月十二日休斯以假名Dan拍發一封電報給赫本的祕書柏金斯（Emily Perkins），其實大家心知肚明，都知道是給赫本的。電報最後一句寫著「Darling I do hope everything going well tomorrow Love」，而電報還伴隨一束花，示愛之意甚明。休斯常用不同的暱稱拍電報，包括「Little Gee Wiz」、「Boss」，以及

「Conkshell」。休斯是一位傳奇人物，設計了「休斯H-1賽手」飛機，當中若干創新作法如流線型機身、可收放起落架等，影響二戰期間的戰機，包括日本的零式飛機。電影《鋼鐵人》中的男主角被影射爲休斯的兒子，《美國隊長》中的生物科技，以及《火箭人》的火箭推進器都宣稱是休斯發明的。休斯在美國人的心目中是謎樣的工程天才。

美國的Singing Telegram是很夯的服務，常在電影出現。一九八五年的《線索》（*Clue*）出現一位無厘頭的歌唱電報女郎（Singing Telegram Girl），一開門就唱著：「Da da da da da! I, am, your singing telegram...!」還沒唱完就被一槍擊斃。電報信差也有機會成爲主角。例如二〇一一年的《電報信差》（*The Telegram Man*）敘述二戰期間澳洲新南威爾斯的電報信差在小鄉村間傳遞士兵戰死的不幸消息。每週都會有親人得知他們的兒子、丈夫、兄弟、父親永遠不會回來了，劇情描述親人深陷於痛苦中的內心世界。

讓我印象深刻的是一九六五年的電影《眞善美》（*Sound of the Music*）。劇中追求麗莎（Liesl）的洛夫（Rolfe）是電報信差，爲了想見女朋友，異想天開地想盡各種方法：「So much that I even thought of sending a telegram, just so that so I'd be able to deliver it here（我甚至想到發個電報，這樣我就有藉口投遞電報給她了）。」電影中兩個人在「定情小屋」對唱16 going on 17這首歌，針芥相投的演出，相當有情調。

電話百態

我年幼時看到一幅《週六晚郵報》一九四〇年十二月十四日封面，題目是產科病房（Maternity Ward），當中的護士正在講電話，神情愉快，右手比出「二」的手勢，應該是在報喜，生下了雙胞胎。我當時不太能感受電話報喜的感受。當我的兩個小孩出生時，我都在產房內陪伴接生，小女兒的臍帶更是我親手剪斷的。我就像雜誌封面的護士，經由越洋電話，將嬰兒出生喜訊告知在台灣的祖父母。在我印象中除了一九四〇年，《週六晚郵報》在一九四六年也有一次封面以產房爲主題，表達出人們對生命誕生的喜悅。

一九四一年六月二十一日《週六晚郵報》的封面畫了旅館的交換機接線生。年輕的金髮女郎在轉接電話線路時，無法避免地聽到對話內容。由其驚訝的表情可知，她聽到了勁爆的內幕。雜誌對這張封面的評論是「Is she overhearing a cheating lover or, heaven forbid, a murder plot?

Whatever it is, it is apparently scandalous.」

歷經二十年後，《週六晚郵報》封面第二次和電話接線生相關的題材出現於一九六二年四月七日。畫中的電話接線生很顯然聽到了勁爆的談話內容，因此受到驚嚇。這封面讓《週六晚郵報》的編輯玩味地猜測：「講電話的人是否正在醞釀一樁殺人事件（Are the two hatching a homicide）？或者她們正在談某人的八卦，而電話接線生恰巧認識當事人？」

《週六晚郵報》一九四四年四月二十九日封面的題目是「Armchair General」。圖中的大肚男手上拿著地圖，表情嚴肅地聽著收音機。他坐在扶手椅（Armchair），叼著雪茄，牆上掛了三顆星星，一副三星上將（General）的派頭，卻是個活老百姓。Armchair若當作形容詞，是「無實際經驗」或「不切實際」的意思。例如Armchair Strategy可翻譯成「紙上談兵」。因此這個封面是在嘲諷二戰時軍事迷很入戲地關心戰況。一九四四年四月正是盟軍準備大舉反攻歐洲之時，戰況劇烈。當時的老百姓可藉由收音機，快速確實地收聽到戰況廣播。圖中這位「扶手椅將軍」一邊聽戰情廣播，一邊對照他手上的地圖，很嚴肅地沙盤推演一番。他的表情實在太有趣了。

《週六晚郵報》一九四九年十一月十九日的封面是休斯（George Hughes，1907-1990）的作品。畫中的姊姊正在和男朋友情話綿綿，而搗蛋的小麻煩弟弟則站在一旁，放肆無情地嘲弄姊姊。這應該是很常見的現象。我有三個姊姊，小時候的區區在下也幹了類似的事。不過姊姊掛電話時，得拔腿快跑，否則姊姊秋後算帳，弟弟會被痛K一番。圖中的電話是一部磁石式電話（Magneto Telephone Set），產生交流振鈴信號的手搖發電機掛在牆上，而電話機則放在電話號碼簿上。八年之後，休斯畫了一九五七年二月九日的封面，也是小弟弟偷聽姊姊電話的主題，但是電話科技已大幅提升。小弟弟不再使出「隔牆有耳」的招式，而是以電話分機偷聽。戀愛中的姊姊神情幸福。

插圖畫家洛克威爾（圖一）在一九四八年三月六日替《週六晚郵報》畫的封面是我最喜歡的作品，主題是「八卦的傳播」（Chain of Gossip）。畫中一位婦人說三道四地講他人隱私，於是這個八卦如傳染病一般，傳了十四手，包括三次電話傳播，最後傳回當事人的耳朵，當然怒不可遏地找始作俑者算帳。

圖一：洛克威爾
（Norman Rockwell, 1894-1978）

攝影趣聞

第一張攝影相片是在一八二六年由一目失明的尼埃普斯（圖一）所製成。此張照片現在保存於美國德克薩斯大學收藏館中。一八二九年，法國畫家達蓋爾（圖二）巧遇尼埃普斯，兩人趣味相投，合作研發攝影以及感光相片技術。尼埃普斯去世後六年（一八三九年），達蓋爾發明「銀版攝影技術」。這是歷史上第一個成功的攝影技術，命名為「達蓋爾照相術」。達蓋爾四處兜售這項攝影術的發明專利權，最後被法國政府買下，公布全國任由人民使用，條件是政府發給他年俸六千法郎，給尼埃普斯的兒子四千法郎年俸。這種使用專利權（以及發明人獲利）的方式，相當特殊。

早期的攝影技術有重要的軍事用途。英法聯軍進攻中國時曾派攝影師在天津拍照，收集軍情。《津門聞見錄》記載：「英匪入天津時，志頗不小，心亦過細。凡河面之寬窄，城堞之高

圖一：尼埃普斯
（Nicephore Niepce, 1765-1833）

圖二：達蓋爾
（Louis J M Daguerre, 1789-1851）

低，所有要緊地方，無不寫畫而去。尤可異者，手執玻璃一塊，上抹鉛墨，欲象何處，用玻璃照之完時，鉛墨用水刷去，居然一幅畫圖也。如望海樓，海光寺，玉皇閣，皆用玻璃照去。」中國首度使用攝影術於外交活動。一八四四年義大利、英國、美國、葡萄牙四國官員參見兩廣總督兼五口通商大臣耆英（1787-1858），向他索取相片。他回報咸豐皇帝（愛新覺羅奕詝），說：「請奴才小照，均經給予。」所謂「小照」是畫像的意思。攝影傳入中國的初期，將攝影稱爲「畫小照」。後來中國的攝影，都傾向藝術照。例如圖三爲慈禧的女翻譯，德齡公主（裕德齡）的照片，貌美如花，不輸今日的女藝人。十九世紀末期外交官夫人當中「小照」拍得最好的應該是日本外交官陸奧宗光的太太陸奧亮子（圖四）。

圖三：德齡公主
（1885-1944）

圖四：陸奧亮子
（1856-1900）

圖五是有名的奧地利攝影師安格勒（Ludwig Angerer, 1827-1879）使用的巨型攝像頭。他在維也納創立全世界第一個攝影工作室（Photo Studio）。二〇一三年四月九日，我參觀開南商工校長林本博的骨董收藏，發現了巨型攝像頭，頗爲興奮。

第二次世界大戰，美國訓練許多攝影師，和海軍陸戰隊一起上戰場。陸戰隊士兵搞不懂爲何攝影師不拿槍幫他們一起作戰。攝影師說，我的照相機和你的槍桿一樣重要。這些在戰場拍攝到的第一手資料被送回美國本土，激盪美國人民的愛國心，支持軍隊。二〇〇〇年出版一本歷史書 *Flags of Our Fathers*，被《紐約時報》評爲當年的暢銷書。書中敘述《在硫磺島豎起國旗》（*Raising the Flag on Iwo Jima*）這張贏得普立茲攝影獎（Pulitzer Prize）的照片。

圖六：羅森塔爾
（Joseph John Rosenthal, 1911-2006）

圖五：巨型攝像頭
（Riesenkamera von, 1865）

一九四五年二月十九日美軍進攻硫磺島，二十三日早上十二點十五分第五陸戰隊登上硫磺島的折缽山（Mountain Suribachi），由五名美國海軍陸戰隊員和一名美國海軍士兵插上星條旗。隨軍攝影師羅森塔爾（圖六）以其相機捕捉插旗的瞬間。照片中的兩位海軍陸戰隊員旋即在硫磺島戰役中陣亡。二〇〇六年十月二十日，克林・伊斯威特以這本書爲劇本，導演一部電影《硫磺島的英雄們》。美國在硫磺島作戰的士兵傷亡兩萬三千三百八十八人，是太平洋戰爭中唯一一場美國海軍陸戰隊傷亡高於日軍的戰役。而《在硫磺島豎起國旗》這張照片則名留歷史。

海報

二〇一四年十一月二十四日我到巴黎訪問，恰巧是蒙馬特之魂（The Spirit of Montmartre）羅特列克（圖一）一百五十週年的生日。說到巴黎現代女性畫作（Modern Woman Drawing），就會提到羅特列克。而羅特列克讓我聯想到另外一位畫家謝爾雷特（Jules Chéret，1836-1932）。這兩位畫家製作了許多經典的女性海報。

海報的英文字 Poster 意指貼在柱子（Post）上的文宣。海報大概在十五世紀開始出現在街頭上，其內容包括新聞及各種宣告。在美國西部牛仔片中常看到通緝犯海報，是所謂的Wanted Poster。圖二是一張在警界歷史上頗爲有名的通緝犯海報。當中通緝犯的畫像是全世界第一張Composite Picture（由目擊者口述，再由畫家繪出），主角馬佩樂圖是一八八一年的鐵路謀殺犯。海報中的人像一副倒楣相，還有點滑稽呢，不知目擊者如何描述出來的。第一張彩色海報

圖一：羅特列克
（Henri de Toulouse-Lautrec, 1864-1901）

圖二：我臨摹馬佩樂圖
（Percy Lefroy Mapleton, 1860-1881）
的通緝海報

是謝爾雷特一八八六年的創作，其做法很快成爲風尚，而謝爾雷特也被尊爲現代海報之父（Father of the modern poster）。海報當初的目的是爲商業產品作廣告，而今日有很多經典的海報被當成藝術品收購。當中被博物館搶著收藏的海報包括羅特列克的作品。

一九七〇年代以前台灣很少看到精美的海報。以電影爲例，當年「電影海報」無法大量印刷或複製，因此每家電影院都會請畫師來畫電影看板，再將之掛在電影院門口，或安置在電影宣傳車，遊街宣傳。在那個年代，畫師們都先看過電影畫面，再以此構思電影的廣告看板，不同畫師會以不一樣的手工畫呈現，相當有趣。有一位畫師王水河，從外國電影中觀察到不同的室內設計技巧，在一九六〇年代為台中市很多酒家、舞廳、夜總會、咖啡廳等特種行業做裝潢設計。我小時候的臥房，是父親請王水河設計的。施工時，工人若未照原設計圖，父親就會要求拆掉重做，直到王水河的設計能夠眞實呈現出來為止。當年我有好幾千本圖書，王水河很巧妙地將書櫃、書桌以及床鋪整合，讓這些書收納入櫃中後，不會讓小臥房有壓迫感，一直是我很喜歡的設計。他也創造了一種美術字體，稱為「水河體」，當年有許多店家的招牌以這種字體書寫。

王水河曾設計裝潢台中市的一個地標南夜歌廳。該歌廳座落十字路口，成弧形狀，王水河為它設計了三角窗，頗有特色。我小時有一次全家人去南夜歌廳看表演，坐在第一排。上面的女星載歌載舞，相當熱鬧。我卻不懂欣賞，十分無聊。於是拿橡皮圈射了一位漂亮的女歌星，闖了大禍，後來忘了如何善了。我媽媽說那位女星叫金燕，不知大家有否聽過。我的行為如此頑皮，實在對不起這位金燕阿姨啊。二〇一三年二月十日（農曆過年），我路過南夜歌廳，已幾乎成為廢墟，看了不勝唏噓（圖三）。

圖三：我於二〇一三年拍攝南夜歌廳

沙龍

民國初年徐志摩（1897-1931）的感情八卦頗受矚目，常成爲頭條社會新聞。徐志摩難耐林徽音（圖一）魅力，和髮妻張幼儀（1900-1988）離婚，最後爲了林徽音墜機而亡。林徽音並未選擇徐志摩，而是嫁給梁啓超之子。梁啓超見徐志摩和他的媳婦有如此荒唐的行爲，寫信勸曰：「萬不可以他人之痛苦，易自己之快樂……戀愛神聖爲今之少年所樂道，……而得滿足得寧帖也極難。所夢想之神聖境界恐不可得，徒以煩惱終其身已耳。」

徐志摩後來又奪朋友之妻陸小曼（圖二），欲與之結婚。徐志摩之父反對他離婚再娶，最後勸不住兒子，給兒子出了難題，要求徐志摩必須請梁啓超來證婚。梁啓超同意證婚，但在大庭廣眾的婚禮上，不再客氣，臭罵徐志摩一頓：「徐志摩，你這個人性情浮躁，所以在學問方面沒有成就，你這個人用情不專，以致離婚再娶……以後務要痛改前非，重作新人。」陸小曼

圖一：林徽音（1904-1955）

圖二：陸小曼（1903-1965）

生活糜爛，揮霍無度，沉溺於跳舞、打牌、票戲等夜生活，搞得徐志摩經濟拮据。一九三一年林徽音在北平演講，徐志摩由南京搭飛機北上捧場，飛機在大霧中撞山墜落，徐志摩罹難，死時三十四歲。

林徽音相當時髦，在二十世紀二、三十年代的中國主持沙龍（Salon），是大膽前衛的女性。如果發揮想像力，「沙龍」這個社交場所可當成文人雅士「定期群播」（Periodic Multicast）的機制，而林徽音也樂於利用這個群播機制來收集她的宅男粉絲，也難怪徐志摩會被她迷倒。沙龍源於義大利語Salone，意指「大客廳」。一六六四年傳入法國，演化爲貴婦人在客廳接待名流的聚會。法國大革命期間禁止沙龍活動，之後逐漸演變爲「展覽」之

圖三：我模仿伯松
（Paul Émile Berthon, 1872-1909）的海報

圖四：我模仿格臘塞
（Eugène Samuel Grasset, 1845-1917）的海報

意。新藝術（Art Nouveau）中的佼佼者都曾爲著名的展覽沙龍「一百沙龍」（Salon de Cent）製作海報。圖三是我模仿伯松爲一百沙龍畫的海報中女郎。圖四是我模仿格臘塞爲一百沙龍畫的海報中女郎。

最早的美展沙龍則是由路易十四於一七六六年舉辦。早期沙龍的特點是人數不多的小圈子定期選擇在晚上舉行，以燈光營造出朦朧浪漫的美感，以激發大夥的情趣、談鋒和靈感。沙龍的話題廣泛雅緻，常去沙龍的人都是上流社會的名流。沙龍一般都有一個女主人，條件是才貌雙全，機智優雅，往往被稱爲「女才子」（也難怪林徽音搶著要當沙龍女主人，大概以此宣示自己的高雅美麗吧）。例如十九世紀的伊莉莎白（圖五），以美貌聞名於世，被稱爲巴黎的沙龍女王。

圖五：伊莉莎白
（Marie Anatole Louise Élisabeth, 1860-1952）

駕駛執照

人口統計是政府掌控的一項重要資訊。而被統計的個人資訊往往由身分證或駕駛執照提供。於是乎身分證及駕駛執照皆需要定期換照，以方便政府掌控人民最新的資訊。過去的換照，工程浩大。今日有網路通訊技術，很多程序都可讓人民直接進入政府的網站填寫而大幅簡化。

駕駛執照是「特許開車」的證件，最早由德國及法國強制實施。在部分無須強制攜帶身分證的國家或地區，例如美國、加拿大、中國及日本，駕駛執照可替代身分證。就我的認知，全世界第一張駕駛執照於一八八八年核發，當時的設計並無身分證明的功能。現代身分證則於一八九九年由美國啓用來管理軍人，才有較明確的身分證明定義。第一位拿到駕照的人是德國人賓士（圖一）。賓士成立Benz & Cie公司，於一八八五年製造了全世界第一輛實用的內燃機

圖一：賓士
（Karl Friedrich Benz, 1844-1929）

圖二：波塔
（Bertha Benz, 1849-1944）

（Internal Combustion Engine）驅動汽車。但這部汽車操作不易，經常在圍觀的人們鬨笑中撞牆。賓士的妻子波塔（圖二）全力支持夫婿，也學習開車上街，並成爲全世界第一位長程駕駛汽車的人。波塔駕駛賓士最早的三輪汽車上街的英姿被拍攝成歷史照片。這部三輪汽車穩定度低，不好駕馭。賓士後來將三輪車改良爲四輪車，穩定度大爲改善。

賓士汽車Motorwagen的噪音擾人，再加上排氣太臭，曼海姆（Mannheim）市民抱怨連連，於是當地政府要求賓士必須有公共道路的行車許可。此爲第一張駕照的由來。賓士是世界上第一位賣汽車的人，首批製造二十五輛車，但銷路不佳，因爲該車在上坡時得用人推，不太實用。而且當時的汽油只有在藥店被當成清潔劑出售，加油很不方便。

一九〇三年普魯士（Prussia）首先要求駕駛者的機械能力測驗（Mechanical Aptitude Test）。一九一〇年德意志帝國要求全國性的駕駛考試，並進行駕駛者的教育。德國的做法爲他國所仿效，但各國法規不盡相同。例如各國對申請駕駛執照的最低年齡有不同的標準。同年美國因爲交通事故不斷增加，公眾也開始要求駕駛許可的立法。一九一〇年紐約州率先通過駕駛執照法例，最初只用於規範職業司機。一九一三年七月，紐澤西州（New Jersey）率先強制所有駕駛者需通過駕駛考試。此一規定爲全美各州採納。有趣的是，汽車大王福特（圖三）終其一生未曾參加駕駛考試，沒有駕照。福特生產的T型汽車風靡全美各地，主要是重視品管，因此生產的汽車既便宜又靈巧耐用。他對品質下了很通俗的定義：「品質就是在無人注意的時候，仍然把事情做好。（Quality means doing it right when no one is looking.）」

圖三：福特
（Henry Ford, 1863-1947）

賽末風

一六八四年英國人胡克（圖一）用各種顯明的符號懸掛於高廬（Gaule），是爲旗語。旗語是十七、十八世紀間的一種主要軍事通訊方式。胡克在物理學研究方面有傑出表現，提出了描述材料彈性的基本定律——胡克定律。他和牛頓彼此存在著敵意，兩人一直爭論。牛頓算是胡克的晚輩。胡克早在一六六三年就成爲英國皇家學會的會員。此時牛頓還是劍橋的大學生。一六七二年牛頓被選爲皇家學會會員。他給學會寄去一篇論文，做爲入會的見面禮。文中提出光是由粒子所組成，證明白光是不同顏色光的混合。胡克猛烈抨擊牛頓的論文，因爲他支持光波理論。之後兩個人就不停地鬥來鬥去。牛頓的名言：「如果我看得更遠一點的話，是因爲我站在巨人的肩膀上。」被人引用爲座右銘。其實這是牛頓打筆戰時嘲諷胡克身材不高、駝背得很厲害。胡克是聰明人，也算是近代視線通訊（Optical Communications）的先鋒。

圖一：胡克
（Robert Hooke, 1635-1703）

一七九三年，法國人卻柏（圖二）改善胡克的通訊方法，以十字架兩端木臂上下移動的位置，代表不同字母，名叫「賽末風」（Semaphore）。賽末風模仿人的兩隻手臂，兩手執訊號旗擺動。擺動的角度以四十五度爲單位，足以表示數百種訊號。

一七九一年三月三日賽末風在法國的兩個城市Brûlon及Parcé做距離十四公里的測試。一七九四年七月十六日，官方正式啓用布建於巴黎到里爾（Lille）間的賽末風系統。不到數年，法國就以五百三十三個賽末風建設了五千公里的通訊網路，聯繫法國境內的主要城市。卻柏宣稱，賽末風的發明讓法國的統治更有效率。但由於營運經費太高，一八〇五年後的賽末風興建及維護逐漸減少。這套系統延續到一八三〇年後壽終正寢。今日各國童軍所使用的英文旗語即由賽末風變通而來，中文旗語則是由英文雙旗語的數字旗式加以演化。

圖二：卻柏（Claude Chappe, 1763-1805）

賽末風最大的缺點是無法在夜晚或大霧等視線不良的情況下使用，而這項缺點對法國歷史造成影響。一八一五年三月一日，拿破崙（圖三）從放逐的厄爾巴島逃回巴黎，由於大霧，賽末風於三月五日才將訊

圖三：拿破崙
（Napoleon Bonaparte, 1769-1821）

息傳給路易十八（Louis XVIII of France）。路易十八來不及派兵攔截拿破崙，只好倉皇逃離巴黎，宣布退位。拿破崙在學生時代時就顯現出數學天分。學校督學報導說：「拿破崙的數學才能很適合於海軍工作。」但是最後結論是他應該嘗試當砲兵，更能展開他的數學技能。據說拿破崙還是學校孩童時，就發現了所謂的「拿破崙定理」（Napoleon's theorem）：假如我們在任一三角形上的每一邊上畫一個等邊三角形（全部向外或全部向內），則這些等邊三角形的中心點會形成一個等邊三角形。拿破崙自然也知道如何用科學方法進行軍事通訊。雨果寫《鐘樓怪人》，在小說中提到賽末風，是錯誤的，在小說的年代，發明賽末風的卻柏還未出生呢。

通訊密碼

圖一：凱撒大帝
（Julius Caesar, 100-44BC）

通訊加密的開山祖師是凱撒大帝（圖一）。他的加密方式很簡單，將每一個字母向右移三個字母的位置（例如a變成d，b變成e等等）。這個簡單如同兒戲的機制在凱撒時代是很有效的加密方式，因爲當時大部分的人是文盲，而非羅馬籍的敵人大概也看不出當中的玄機。凱撒的姪子，也是羅馬第一任皇帝奧古斯都（Gaius Julius Caesar Augustus, 63-14 BC）就比較偷懶，僅將字母右移一位。

猶太人使用顚倒順序的字母替換加密法

圖二：卡里爾
（Al-Khalil, 725-790）

圖三：傅利曼
（Elizebeth Smith Friedman, 1892-1980）

（Substitution Cipher）來寫《聖經》，將字母表整個扭轉，亦即第一個字母（aleph）與最後一個（taw）相替換，第二個（beth）與倒數第二個（shin）相替換，如此類推。這種替代密碼機制稱爲阿特巴希密碼（ATBASH），首度出現於舊約的《耶利米書》（*Jeremiah 25：26 and 51：41*），將巴別（בבל，即巴比倫）改寫爲示沙克（ששך）。

歷史記載的第一次密碼破解發生於第八世紀。當時的拜占庭皇帝（Byzantine Emperor）寄了一封加密的希臘文信函給阿拉伯學者卡里爾（圖二）。他花了一個月時間破解這封信，方法是先猜第一句的意思，例如他假設第一句是書信的八股起始語「In the name of God」。

美國第一位女性密碼專家是傅利曼（圖

三），她最大的貢獻是破解走私毒犯的密碼；另外由於她破解密碼，抓到二次大戰日本隱藏在美國最重要的女間諜。但她最爲人認知的貢獻是在莎士比亞的研究。她和先生（William F. Friedman）寫了一本書 *The Shakespearian Ciphers Examined*，榮獲由Folger Shakespeare Library以及American Shakespeare Theater and Academy頒發的獎項。

過去一直有傳說，莎士比亞的劇本實際是別人寫的。例如馬克・吐溫就曾發表長達四頁的文章〈莎士比亞不是我們知道的莎士比亞〉，羅列了所有已知事實證明歷史書介紹的莎士比亞根本不懂戲劇。於是很多人想找出莎士比亞劇本的「眞正作者」。當中的一種說法認爲作者是法蘭西斯・培根，並懷疑劇本中可能包含培根密碼（Bacon's cipher）。許多人曾試圖從莎士比亞的舊劇本中找出上述密碼。傅利曼夫婦證明莎士比亞劇本中沒有包含培根密碼或者其密碼。讀者諸君如果對莎士比亞劇本作者之謎感興趣，可參見卡雷爾（J. L. Carrell）的著作《莎士比亞的祕密》（*The Shakespeare Secret*）。

在二戰時期思考保密對軍事通訊的重要性，而發明祕密通訊的方法，則屬好萊塢女演員拉瑪（圖四）的故事最具傳奇性。一九四〇年拉瑪參加宴會，在鋼琴邊閒聊之際，看到手指在琴鍵彈跳，忽然想到可以利用跳頻發展出一個祕密通訊的方法，應用於軍事通訊系統，抵擋敵人的電波干擾（Anti-jamming）並且防止竊聽。一九八五年高通（Qualcomm）在美國加州成立，以展頻技術（Frequency Hopping）爲基礎，研發出ＣＤＭＡ（Code Division Multiple Access）系統，常提及拉瑪的貢獻。

圖四：拉瑪
（Hedy Lamarr, 1914-2000）

魚骨圖

我多次擔任科技計畫的審查委員，受審的計畫書往往用「魚骨圖」（Fishbone Diagram）來表示一個計畫各分項計畫間的關係，也會用來表達一個技術內各分項技術之間的關係。魚骨圖中代表「脊椎」的核心技術要十分扎實，必須能支撐每一根「肋骨」的分項計畫，不可以一抓起「脊椎」，「肋骨」就掉落一地。魚骨圖應力求簡潔，清楚描述，讓審查委員一望而知計畫的精髓。審查委員最怕碰到「虱目魚」的魚骨圖。虱目魚肋骨錯綜複雜，不知所云，審查委員很難讓這種計畫通過。虱目魚（Chanos）是很好吃的魚，但魚刺超多。除了脊椎骨和肋骨外，還有一百八十餘根的小刺分布於背部、側線、腹部及尾部。有末分枝狀的硬刺，更有Y字型的暗刺，讓食者頭疼。「虱目魚」型的計畫主持人顯然沒有重點觀念，計畫書內容寫得烏魯木齊，不知所云。因而審查委員就像吃到虱目魚刺，鯁在喉間，痛苦不堪，不知如何評論。所幸

圖一：石川馨（Kaoru Ishikawa, 1915-1989）

這類計畫並不多見。那麼我們希望審到什麼魚骨圖呢?審查委員心中自有一把尺，自由心證，各自表述。

魚骨圖又稱因果圖（Cause and Effect Diagram），是由日本質量控制兼統計專家石川馨（圖一）發明的一種圖解法，用以辨識和處置事故或問題的原因。石川馨被稱爲品管圈之父（Father of Quality Control Circles）。石川馨曾說明他如何進入這行：「我的初衷是想讓基層工作人員最好地理解和運用質量控制，具體說是想教育在全國所有工廠工作的員工；但後來發現這樣的要求過高了，因此，我想到首先對工廠裡的領班或現場負責人員進行教育。」之後漸漸發展出他的理論。

日本人的品管觀念並非天生具有，主要受到美國人戴明（圖二）的影響。石川馨受到戴明啟發，將戴明的觀念導入日本系統，提倡品管圈的概念。這概念最早被日本電信（Nippon Telephone & Telegraph）採用，實施有成效後，也被很多日本公司採用。石川馨據此經驗寫了《質量控制》（Quality Control）一書，獲得了戴明獎。一九七一年，石川馨質量控制教育項目更獲得美國質量控制協會的格蘭特獎章（Grant Medal）。

戴明如何影響日本人？一九四七年，麥克阿瑟將軍（圖三）占領日本，一直要洗日本人的腦，要他們美國化，忘掉日本天皇。當時日本製的產品水準不高，品質不穩定，時好時壞。

圖二：戴明（Edwards Deming, 1900-1993）

麥克阿瑟實在看不過去，就派戴明到日本來教桃太郎「美國人是怎麼做的」。戴明在日本舉辦研討會，教他們如何控管品質。一群日本人愣愣地在研討會中認真抄筆記，讓戴明相當感動，覺得以他們的學習態度，應該可以讓日本製造業在五年內有所進步。沒想到日本人雖然愣愣的，但一板一眼卻也是優點，做事不打折扣，照著抄來的筆記一一實

圖三：麥克阿瑟
（Douglas MacArthur, 1880-1964）

現。很快在兩年內就脫胎換骨，也嚇了戴明一跳。戴明的品管理論說穿了很簡單：「顧客要的不是完美的產品，而是可靠（Reliable）的產品。」換言之，產品的變異性要低才行。這點在電信系統尤其重要。我看過很多通訊相關論文，都號稱所提出的方法很好，但可惜變異性太大，可靠度太低，結果只是白費虛功，無實用價值。

最妙的是，美國人反而不知道有戴明這號人物。在一九八〇年代，美國產品（尤其是汽車）被日本貨打得落花流水，只好不恥下問，去日本取經。結果發現日本人那一套竟然是由美國人戴明學來的，當場為之氣結。日本科技界感念戴明的貢獻，特別成立戴明獎（Deming Prize），獎勵品管創新。

度牒

人口統計是政府掌控的一項重要資訊。而被統計的個人資訊往往由身分證提供。於是乎身分證明需要定期換照，以方便政府掌控人民最新的資訊。以證件認定身分，古早時代就有實施。例如身分證在唐代時開始核發，稱之為「度牒」。擁有度牒的僧人或道士，可以免除賦稅和勞役，具有政府給予的特權，因此這個文件的發放是由尚書省祠部司負責。有特權也有限制，例如唐太宗時的政府沒有批准玄奘（圖一）出國的護

圖一：玄奘（602-664）

圖二：達摩祖師（?-535）

照。玄奘只好偷渡印度，才有《西遊記》的精采故事。達摩祖師（圖二）在南北朝劉宋時（470-478）乘船來到中國南越（今廣州）。當時沒有度牒這玩意兒，僧道可以亂跑，因此達摩沒有偷渡的問題。

唐代很有保護「特許執照」的概念，以法律保護僧道。《唐書．百官志》記載僧道的官僚體系：「崇（元）玄署：令一人，正八品下，丞一人，正九品下。掌京都諸觀命數與道士帳籍齋醮事。……兩京度僧、尼、道士、女冠，御史一人蒞之。」然而出家享受特權也不容易，受度入道者要經過嚴格的考試，才能「立文狀條目」入籍出家。唐代官方更有「度牒銀」制度，度牒不是免費發放的，成爲政府的一項財源。直到明太祖朱元璋時才下詔免費發放度牒。度牒的妙用，可由《水滸傳》看出。話說魯達三拳打死了鎮關西，逃到代州雁門縣趙員外家。官府畫影圖形，到處張貼榜文，緝捕很急。趙員外靈機一動，要魯達上五台山出家當和尚。好處有二。其一，古時候沒照相技術，緝拿榜文上只說這人臉黃微鬚，眼豎眉橫，或青面獠牙這類的形容詞。魯達出家前是長頭髮的提轄（軍官），剃頭後長相變了，外地官府不易認出。其二，宋代法律優待和尚：「僧尼道士女冠，文武官七品以下者，有罪許減贖。」更妙的是，趙員外家早就有現成的度牒。趙員外沒事爲何要買度牒呢？原來在宋朝，地主只要買了度牒，家產就能變更成寺院田產，可以免租賦的，還有一套冠冕堂皇的說法來逃稅。《水滸傳》裡的趙員外對魯達說：「我曾許下剃度一僧在寺裡，已買下一道五花度牒在此，只不曾有個心腹之人，了這條願心。如是提轄肯時，一應費用，都是趙某備辦，委實肯落髮做和尚麼？」趙員外「許下剃度一僧」的話說得漂亮，其實有節稅的目的。趙員外灌了魯達迷湯，說要將他當作「心腹之人」，送上五台山。如此，也不怕官府到家裡搜查，一舉兩得。趙員外說的度牒爲何是「五花」？度牒上面簽署有多種官符花押，大概有五種花押吧。

其實道教早在東漢末年就已有類似「度牒」的制度。這種制度源於「宅錄命籍」與「道宅科錄」活動，早期只限於道教內規，不是政府行爲。其發明人是張陵（又名張道陵，圖三），爲五斗米道的創始人，被道教信徒尊稱爲張天師、祖天師，或正一眞人。張陵是相當有創意的人，他的度牒制度在世界宗教史上絕無僅有，是頗爲特殊的歷史產物。張天師也搞了世襲制，代代相傳，肥水不落外人田。清朝時有人拍當時的張天師馬屁，找鄭板橋寫一幅歌功頌德的對聯。鄭板橋只要付錢就寫。拿到一千金後，鄭板橋果然寫了一幅好對聯：「龍虎山中真宰相，麒麟閣上活神仙。」

圖三：張陵（34-156或178）

卷二

莫斯科紅場

俄羅斯在台灣

俄羅斯有一句諺語：「莫斯科不相信眼淚。（Moscow does not believe in tears.）」意思是，在莫斯科，懦弱的眼淚不會博得尊重，必須自立自強。二〇一四年我訪問莫斯科，頗能體會俄羅斯戰鬥民族不流淚的韌性。強韌的民族性大概來自於俄羅斯寒冷的氣候。而在寒冷的世界，熱茶成為必備飲料。俄羅斯很喜歡中國茶，有特殊的泡茶方式。我由莫斯科帶回來一組俄國的瓷器茶壺（圖一），頗具特色，稱為Samovar，是附有炭爐的茶壺。煮泡俄國茶有一套有趣的程序，不在此細表。

圖一：小茶壺放在Samovar上

一六三八年俄國大使由蒙古引進一百三十磅茶葉。西伯利亞鐵路建築完成後，俄國由中國大量進口茶葉。俄國皇室因此發展出Samovar及小茶壺（Teapot）的泡茶程序。

二〇一五年六月十一日，我應邀參加莫斯科台北經濟文化協調委員會駐台北代表處舉辦的俄羅斯國慶酒會。一到會場就遇到俄羅斯副大使吳彥宇夫婦（圖二），相談甚歡。他介紹

圖二：俄羅斯副大使吳彥宇（Nikolay Ufimtsev）夫婦

我喝一款伏特加，一小杯一口喝完，我竟然沒醉，自己也很意外。俄羅斯大使杜沃齊（Vasily Dobrovolskiy）致歡迎詞，提到一八六二年俄羅斯已有商船來到台灣。我心中想，一八六〇年《中俄北京條約》簽訂，清朝割讓不凍港海參崴，俄國獲得日本海的出海口。俄

圖三：明星咖啡館（Astoria Café）

羅斯商船或許是由海參崴來到台灣，應該運送不少台灣茶葉回到俄國。

台灣茶送到俄羅斯，而俄羅斯咖啡則送到台灣。俄羅斯杜沃齊大使提到，一九四九年台北成立了俄羅斯風格的明星咖啡館（圖三）。俄文Astoria是宇宙之意。這家咖啡館最早成立於上海。主人是白俄人，俄共革命，於一九一七年逃難到上海。一九四九年中共打到上海，咖啡館跟著國軍搬遷到台北，成為白俄流亡人士聚集之處。當時的第一夫人蔣方良（圖四）最喜歡吃明星咖啡館的俄羅斯軟糖。白先勇的小說也曾描述了明星咖啡館：

「明星」大概是台北最有歷史的咖啡館了。記得二十年前還在大學時代，「明星」便常常是我們聚會的所在。那時候，「明星」的老闆是一個白俄人，蛋糕做得特別考究，奶油新鮮，又不甜膩，清新可口，頗有從前上海霞飛路上白俄西點店的風味。二樓陳設簡樸，帶著些許歐洲古風。那個時期，在台北上咖啡館還是一種小小的奢侈，有點洋派，有點沙龍氣息。幸而「明星」的咖啡價錢並不算貴，偶爾爲之，大家還去得起。

圖四：蔣方良（1916-2004）

莫斯科紅場

二〇一四年十月我來到莫斯科，和兩位俄羅斯美女伊蓮娜及瑪麗亞（Maria K. Baktysheva）遊歷紅場。「紅場」斯拉夫文是美麗的意思。淺灰色的花崗石磚地面，長一千五百公尺、寬五百公尺，面積僅次於天安門廣場，周圍環繞不少地標建築。

來到紅場南端，和伊蓮娜（圖一左）及瑪麗亞（圖一右）在漂亮的瓦西里大教堂（St. Basil Cathedral）前拍照留念。這座教堂是恐怖伊凡於一五五五年紀念戰勝喀山汗國的韃靼軍隊後所建。據說在與韃靼軍隊交戰前，恐怖伊凡遇到了瘋瘋癲癲的瓦西里。貌似千隔澇漢子的瓦西里，被稱爲上帝的傻子，預測俄羅斯在恐怖伊凡帶領下，將會戰勝喀山汗國。因此戰後恐怖伊凡龍心大悅，讚賞瓦西里的先知，爲他建築這座教堂。瓦西里大教堂位於紅場南方，是極富想像力的「石頭神話」，結構精妙絕倫，外觀如童話般鮮明亮麗，中間是戟指天際、如同皇冠的

圖一：瓦西里大教堂（St. Basil Cathedral）

大尖頂，周圍有八座色彩繽紛的小圓頂拱衛，高低錯落有致，形式令人眼花撩亂。另外更環繞了五座鍍金洋蔥頂，花紋色彩各有特色，斑斕華麗，爲莫斯科天空添增無限風光。瓦西里大教堂完成後，恐怖伊凡相當滿意，詢問兩位建築師，是否能複製這所教堂。建築師喜上眉梢，以爲皇帝想再蓋一座，又有生意上門，連忙點頭。結果恐怖伊凡將他們的眼睛挖掉，以免建築師幫別人蓋相同的教堂。

瓦西里大教堂前方是米寧和波札爾斯基雕像（圖二），紀念碑上的兩位民族英雄在十七世紀初帶領自願軍抵抗波蘭人的侵略。這座紀念雕像本來放在紅場中央，但是當蘇聯紅軍閱兵時會擋到路，因此被遷移至現址。其實當年瓦西里大教堂也險些被拆毀，因爲它也擋到史達林最初規劃的紅場閱兵路線。史達林的幕僚長在報告紅場重建計畫時，建議移走瓦西里大教堂。史達林想一想，叫幕僚長將教堂放回去，才免於浩劫。

圖二：米寧和波札爾斯基雕像
（Monument to Minin and Pozharskiy）

圖三：古姆百貨公司（GUM Department Store）

紅場東邊是建於一八八七年的古姆百貨公司（圖三），樓高五層，上有玻璃頂，當年容納了一千二百家商店，是名列世界十大聞名國際的百貨公司。俄文字GUM是「主要」的意思，原址的舊建築於一八一二年拿破崙火燒莫斯科時損毀，俄國人重建成爲百貨公司。今日世界上高檔百貨建築的設計精美豪華，大多超越「古姆」，但歷史悠久的「古姆」在百貨界仍有其不可動搖的地位。這兒陳列的時裝及首飾都來自世界頂級的名牌商店，相當摩登時尚，價碼也非常昂貴。伊蓮娜笑著說，到這裡買百貨，價格就像在買骨董。

紅場西邊的列寧陵墓（圖四）以深紅色斑岩和黑色的美洲拉不拉多石築成，有一道淺石階通往陵墓的黑色大門。列寧遺體保存在水晶棺裡，任人憑弔。由於維護費昂貴，議會提出火化列寧，以節省龐大預算，卻被普丁（Vladimir Putin）否決。列寧（圖五）於一九一七年發動十月革命，推翻沙皇。張之洞（1837-1909）在他的著作《論駁俄疏》曾預言，「俄之精銳渴於外，俄之亂黨起於內」，俄國的亡國一定是內外夾攻所致。果然，幾十年後俄羅斯帝國外有「德國精銳」，內有「列寧亂黨」，如同張之洞預言，演出了亡國劇本。一九一七年奪權後，列寧表示要實現社會主義的民主選舉。然而選舉時他卻敗下陣來。列寧立刻表示「依靠民意，但也不能忘記步槍」，於一九一八年推翻議會，再度抓權。列寧構想的權力集中方式導致後來蘇聯的恐怖主義統治。一九二四年列寧去世時，孫中山致悼詞：「茫茫五洲，芸芸眾生。孰爲先覺，以福齊民？伊古迄今，學者千百。空言無施，誰行其實？惟君特立，萬夫之雄。建此新國，躋我大同。並世而生，同洲而國。相望有年，左提右挈。君遭千艱，我丁百厄。所冀與君，同軌並轍。敵其不樂，民乃大歡。邈焉萬里，精神往還。天不假年，與君何說。亙古如生，永懷賢哲。」列寧很懂得煽動群眾，曾講過：「一個謊言說多了就會變成事

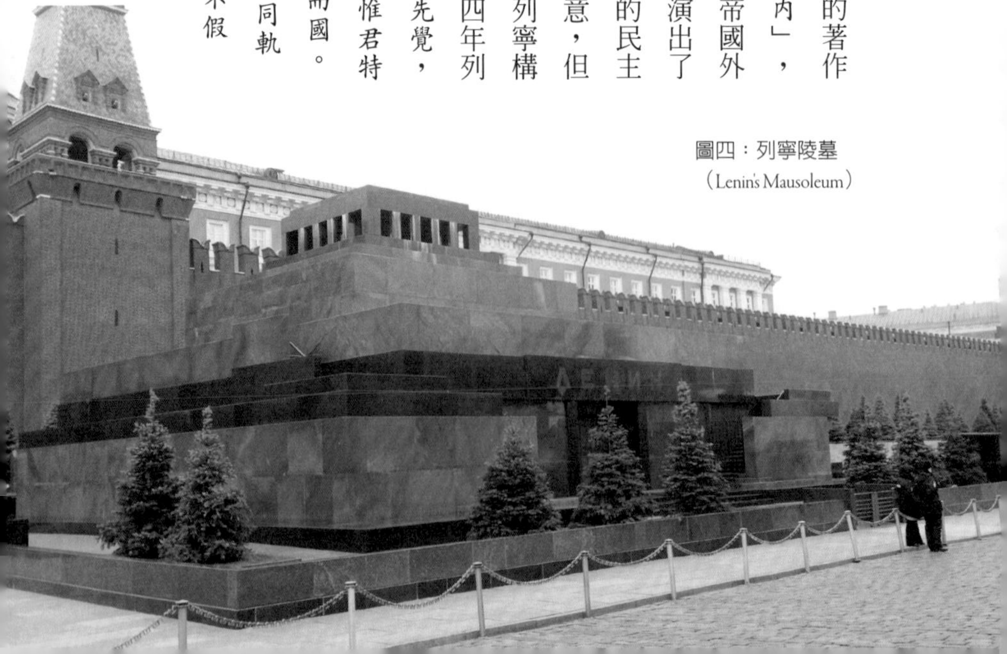

圖四：列寧陵墓
（Lenin's Mausoleum）

實。（A lie told often enough becomes the truth.）」他認爲自己的學說（亦即列寧主義）繼承了馬克思（圖六）的正統。然而不少學者反對列寧的「庸俗經濟決定論」，轉向馬克思思想中的人道主義及人文主義關懷。馬克思主義是近代最複雜和精深的學說之一，常被不同方式演繹，因此「在人類歷史上，少有學說像馬克思思想一般被不同人嚴重扭曲」。一九七七年時的紅場南邊牆緣有一座馬克思雕像，我特地去瞻仰，卻已遍尋不見，頗感失望。

圖五：列寧
（Vladimir Ilyich Ulyanov alias Lenin, 1870-1924）

圖六：馬克思
（Karl Marx, 1818-1883）

克里姆林兵器博物館

二〇一四年十月我到莫斯科紅場，隔牆邊的克里姆林宮建於十二世紀中葉，具有防禦蒙古軍隊入侵的功能。十四世紀末，俄軍在一次決定性戰役中大勝蒙古軍，成就了強大的帝國。克里姆林宮經過多次擴建，涵蓋了三角形廣場、大教堂廣場，和東區行政中心。克里姆林宮的最南端是克里姆林兵器博物館。這棟雙層乳白色綠頂的建築物是莫斯科最古老的博物館之一，成立於一八〇八年。雖以兵器爲名，裡面大部分陳列的卻是價值連城的珠寶手工藝品，包括著名的鑲珠寶復活節蛋。據說史達林（圖一）當政期間將部分珍寶偷偷賣到國外，中飽私囊。有趣的觀察是，二樓展示彼得大帝（圖二）的就職外袍、皮靴和手杖，皆出奇地巨大，可見他長手長腳。但是他的皇冠內徑卻又比一般皇冠小一號，十足的小頭銳面。據說他故意帶蓬鬆的假髮，讓頭部看起來大一點。彼得大帝是俄羅斯女攝政索菲亞・阿列克謝耶芙娜（Sofia

Alexeyevna, 1657-1704）的異母兄弟。索菲亞是金庸筆下《鹿鼎記》中和韋小寶胡天胡地的羅剎女。一六八九年索菲亞被推翻，彼得掌握俄羅斯實權。之後索菲亞被關在新聖女修道院（Novodevichy Convent），度過餘生。彼得大帝雄才大略，但也曾遺憾地說：「I have conquered an empire but I have not been able to conquer myself.」彼得大帝到處擴張領土，但在東方卻輸給中國的康熙大帝。

圖一：史達林（Joseph Stalin, 1878-1953）

圖二：彼得大帝（Peter the Great, 1672-1725）

克里姆林兵器博物館（圖三）一樓鑽石彩蛋是沙皇和家屬在復活節時互贈禮物。每一個彩蛋都獨特的主題，打開後有令人驚喜的物件放在裡面。第一顆皇室彩蛋製作於一八八五年的復活節，是沙皇亞歷山大三世（Alexander III, 1881-1894）送給皇后的復活節禮物。當中著名的彩蛋以「西伯利亞列車蛋」最搶眼。蛋中放置的超小型黃金

的其的有會

製車廂拿出來後能夠組合成一列火車，上發條後可以啓動把玩。我到處瀏覽沙皇的珍藏，極盡靈巧，恨不得能親手玩賞呢。

圖三：克里姆林兵器博物館
（Kremlin Armory Chamber）

新聖女修道院

小說《鹿鼎記》中和韋小寶胡天胡地的羅剎女索菲亞於一六八九年被推翻，關在莫斯科的新聖女修道院（圖一），度過餘生，而我有幸到此一遊。莫斯科市中心西南方的新聖女修道院由十五棟建築及黃金圓屋頂組成，外型像克里姆林宮的縮影，差異處是修道院的外牆略呈方形，而克里姆林宮屬三角形城塞。這座巴洛克式（Baroque）的建築完成於十六世紀初期，以慶祝瓦西里三世（VasilyIII）征服立陶宛的斯摩陵斯克（Smolensk）。十六世紀前莫斯科只有兩座男性修道院以及兩座女性修道院，因此這座新蓋的女性修道院被稱爲「新聖女」。一六八九年後這個修道院禁錮了不少受到宮廷傾軋的皇室女性或皇帝失寵的妻子們。東正教是一夫一妻制，沙皇無法像中國皇帝般，搞一堆后妃。因此沙皇見到新歡，只

圖一：新聖女修道院

圖二：托爾斯泰
（Leo Tolstoy, 1828-1910）

有兩種做法。他可以謀殺現任老婆，或者要求大老婆知所進退，到新聖女修道院當修女。我拍攝新聖女修道院時，正值整修，建築外牆有不少鷹架。

一八一二年拿破崙占領莫斯科後打算炸掉新聖女修道院。修女們苦苦哀求，保存了迴廊，成爲事後重建的基礎。托爾斯泰（圖二）常在新聖女修道院牆邊溜冰，因此構思小說《戰爭與和平》中的皮埃爾（Pierre）在新聖女修道院牆邊被法軍處決。我站在此處，思緒無限擴張，想像溜冰的托爾斯泰，以及臨刑的皮埃爾。

修道院前的主道路可看到一個大水池，和主建築呼應，從遠處欣賞有如一幅圖畫般美麗，有很棒的整體視覺效果。據說在柴可夫斯基（圖三）的想像下，水池（Pond）變成湖（Lake），引申出膾炙人

圖三：柴可夫斯基
（Pyotr Ilyich Tchaikovsky, 1840-1893）

口的《天鵝湖》（*Swan Lake*）芭蕾舞劇。天鵝湖故事發生於德國，柴可夫斯基在莫斯科，只好就地取材，以水池模擬天鵝湖。如今水池不見天鵝蹤影，倒是有成群鴨子（圖四）。

一八七五年莫斯科劇院經理以八百盧布委託柴可夫斯基寫《天鵝湖》芭蕾舞曲。柴可夫斯基從一八七五年八月開始寫作，直到一八七六年四月十日完稿。這是世界上最著名的芭蕾舞劇，也是所有古典芭蕾舞團的保留劇目。柴可夫斯基的三大芭蕾舞曲常被用於手機的來電答鈴（Ringback Tone），最熱門的是《天鵝湖》，其次是《胡桃鉗》（*Nut Cracker*），讓聽者感到愉悅。

圖四：新聖女修道院水池

新聖女修道院墓園

二〇一四年我到莫斯科，由美麗的俄羅斯嚮導伊蓮娜引導到新聖女修道院外圍的墓園參觀。該公墓埋葬著俄羅斯各個歷史時期的名人，號稱歐洲三大公墓之一，能長眠在這個墓園的，都是「仙名永注長生籙，不墮輪迴萬古傳」的有頭有臉人物。不過墓海茫茫，我看不懂墓碑的俄文，不易辨識長眠於此的是誰。當中有一個很特別的墓地，埋葬前蘇俄總統葉爾欽（圖一），是俄羅斯國旗的造型。

圖一：葉爾欽（Boris Yeltsin）墓地

伊蓮娜特別帶我看赫魯雪夫（圖二）的墓碑。這個墓碑的設計奇特，由黑白兩色的花崗石交錯，他的頭像則夾在中間。黑白兩色交錯的花崗石，代表其鮮明的個性和功過政績。一九六四年赫魯雪夫的政敵趁他飛往黑海之濱休假時，在莫斯科發動政變。赫魯雪夫返國後由蘇聯的最高領導人淪爲一名普通的職工，閒著沒事，很鬱卒地寫回憶錄。KGB沒收其書稿，並監視其言行。赫魯雪夫抗議：「連我家的廁所都有竊聽器！你們花費人民的納稅錢，就是爲了竊聽我放屁嗎？」按照慣例，蘇聯元首的遺體都安葬在克里姆林宮的紅牆下，赫魯雪夫的遺

圖二：赫魯雪夫
（Nikita Sergeyevich Khrushchev, 1894-1971）墓地

體卻意外地安葬於新聖女墓園。雖然赫魯雪夫的葬禮被低調處理，群眾卻自發性地進行大規模瞻仰，使得赫魯雪夫的繼任者布里茲涅夫（Leonid Brezhnev, 1906-1982）頗爲不悅，一度下令關閉新聖女公墓，而曾經將赫魯雪夫趕下台的政治死敵，死後也戲劇性地和他葬在同一個墓園。

我問伊蓮娜，墓園中是否有中國人。她說有，名叫王明（圖三）。我花了一番力氣，才發現王明是陳紹禹的化名。一九二五年，蘇共成立孫逸仙大學，專收中國學生。十一月底，蔣經國（十五歲）和王明（十八歲）等九十名中國學生來到了莫斯科。王明擔任校長的翻譯，接

圖三：王明（1904-1974）墓地

近權力核心，號稱史達林的學生，因此返回中國後被蘇共委以重任。由王明墓回頭到墓園門口的路上，看到一塊潔白的大理石墓碑，雕刻一位芭蕾舞女（圖四）。心中想著，莫非是烏蘭諾娃？靠近仔細看，雖不懂俄文，死亡日期一九九八年是相同的。我曾畫過她的肖

圖四：烏蘭諾娃墓地

圖五：烏蘭諾娃
（Galina Sergeyevna Ulánova, 1910-1998）

像（圖五）。她在《天鵝湖》芭蕾舞劇中擔任女主角，蹁躚裊娜，表演姿態優雅，令人心醉。她被譽爲「非凡的女神」，榮獲了前蘇聯藝術科學院通訊院士和美國科學院與藝術科學院名譽院士。

救世主大教堂與蔣經國

圖一：救世主大教堂（Cathedral of Christ the Savior）

我曾兩度來到莫斯科救世主大教堂（圖一）。這座教堂和克里姆林宮相隔了莫斯科河，是世界上最高的東正教教堂。一八一二年打退拿破崙後，沙皇亞歷山大一世（Alexander I）修建這座教堂，以感謝救世主基督「將俄羅斯從失敗中拯救出來，使她避免蒙羞」，並紀念在戰爭中犧牲的俄羅斯人民。救世主大教堂的設計方案幾經修改，最後由托恩（圖二）設計成新拜占庭風格的教堂。救世主大教堂

圖二：托恩（Konstantin Ton, 1794-1881）

圖三：蔣經國（1910-1988）

於一九三一年被蘇聯共產黨拆毀。一九九二年蘇聯解體後重建，於二〇〇〇年竣工。在此我見識到東正教徒禱告結束時如何畫十字聖號（Signum Crucis）。首先以右手手指擺出三位一體的姿勢，右手先點頭，次點胸，再點右肩，最後點左肩（天主教則是先點左肩，再點右肩）。東正教堂不像天主教堂，並無告解室，教士和告解的教眾坦誠相見，告解時彼此的眼睛可以對視。

走到救世主大教堂前空曠的廣場，四處眺望，孫逸仙大學舊址就在附近。我驀然想起，一九二五年十二月三日，年方十五歲的蔣經國（圖三）留俄時，以尼古拉同志名義在日記寫的一段話：「胸部向前挺，兩手叉腰，開始呼吸！紅場的大鐘響亮地打了七下，克里姆林宮城上的天色漸漸發出紅光，四十多個中國男女青年，整整齊齊排在莫斯科大教堂（亦即救世主大教堂）的前面上早操。這是孫逸仙大學的勞動大學生每天的第一課。二十分鐘早操之

圖四：Red October Confectionery

後，學生各自回校，學校前面街上的行人漸漸多起來了。一群一群的工人很快地往莫斯科河對岸的糖果工廠跑，夾著皮包的大學生向莫斯科大學方面快走。路上根本看不見一個無事的人。後面來了一大隊紅軍，唱著莊嚴的軍歌，走過學校門口。這是我第一次親眼看見紅軍，他們的精神非常雄壯。……」根據這本日記的記載，我感受到歷史洪流的連結，想像當年孫逸仙大學的學生每天清晨在我正站著的廣場上做早操。文中提到的糖果工廠是「Red October Confectionery」（圖四），隔著莫斯科河和教堂廣場對望。我由大教堂廣場隔著河拍攝糖果工廠，應該和當年蔣經國看到的景觀相同。照片最右側是彼得大帝站在一艘帆船的紀念建築。我特別吃了一塊這家糖果公司的「紅色十月巧克力」（圖五）。救世主大教堂前有一座橋跨越莫斯科河，橋上是遠眺整個克里姆林宮城的最佳地點。蔣經國在此處看到「宮城上的天色漸漸發出紅光」，九十年後的今日，我也看到同樣的晨曦，實在奇妙。

圖五：「紅色十月巧克力」

以色列科技部

二〇一四年十二月我來到以色列拜訪該國的科技部。這幾天的參訪讓我強烈感受到猶太人對耶路撒冷的向心力。一九六六年諾貝爾文學獎得主阿格農（Samuel Josef Agnon,1888-1970）說：「我永遠將耶路撒冷當作我的出生地。（But always I regarded myself as one who was born in Jerusalem.）」然而聯合國只承認特拉維夫是以色列首都，而非耶路撒冷。即使外人不承認，以色列還是堅持自己的

圖一：以色列最高法院

信念，認定耶路撒冷是首都，因此我參訪的政府部會都匯集於耶路撒冷。

我前往以色列科技部的途中經過蓋在制高點的最高法院（圖一）。最高法院位階高於國會，可以推翻國會的決議。以色列國會大廈是方形建築，「方」得有點突兀（圖二）。以色列駐台代表何璽夢講了一個笑話，當年在蓋國會大廈時，建築師設計成圓形建築。國會議員隨口問，爲何是圓形而非方形。建築師回答：「您有見過方形的馬戲團嗎？」建築師暗諷，國會大廈是馬戲團，國會議員豈不是在表演馬戲？國會議員聽了，堅持選擇方形建築。

通過國會後開車十多分鐘，到達科技部（圖三）。我們和以色列科學、技術和太空部總幹事夏禮爾會談。他說：「以色列周遭環

敵，又沒有天然資源，唯一的資源是人的頭腦。」當年摩西帶領猶太人，找地方定居，挑的地方四周鄰居都有石油，就是猶太人居住的地方沒油。以色列人有一個玩笑話，摩西當年對猶太人說：「我帶你們到加、加、加……」講話卡卡的沒說清楚，本來想說美國加州，卻說成迦南，否則今天以色列人就在加州快活。我說，台灣的情況和以色列相仿，沒有天然資源，也只能靠人的頭腦。以色列有外患，因此下一代仍有憂患意識，而台灣的下一代習於安逸，令人憂心。所謂無敵國外患者，國恆亡，古有明訓啊。整個會談相當順利，彼此同意擴大合作。離開科技部前，和夏禮爾交換禮物，他說他送我一本書，

圖二：以色列國會

圖三：以色列科技部

關於以色列第一任總統。我馬上反應，是魏茨曼傳記？他說，是愛因斯坦。我說，這是賴皮說法，愛因斯坦並沒答應要當總統。夏禮爾被我抓到小辮子，指著我哈哈大笑（圖四）。

圖四：夏禮爾（Ido Sharir）指著我哈哈大笑

希伯來大學

圖一：愛因斯坦
（Albert Einstein, 1879-1955）

二〇一四年十二月我來到希伯來大學Edmond J. Safra校區參訪。希伯來大學（Hebrew University of Jerusalem）歷史悠久，係愛因斯坦（圖一）於一九二五年協助在耶路撒冷成立。愛因斯坦擔任第一屆董事會（Board of Governors）的理事，其他董事會成員包括佛洛伊德（Sigmund Freud,1856-1939）、布伯（圖二）和魏茨曼（圖三）。在如此重量級的人物加持下，希伯來大學有很好的學術發展。

圖三：魏茨曼
（Chaim Azriel Weizmann, 1874-1952）

圖二：布伯
（Martin Buber, 1878-1965）

布伯是哲學家，認爲錫安主義（Zionist；猶太復國主義）的潛力在於其社會和精神的財富。而以色列國父赫茨爾（Theodor Herzl, 1860-1904）的錫安主義則著重在政治與文化層面的發展，目標聚焦於建立一個民族國家，沒有考慮到猶太文化或宗教的需要。赫茨爾與布伯各自朝向自己的目標努力，在相互尊敬中爭論。魏茨曼是化學家暨政治家，曾任世界錫安主義組織（World Zionist Organization）會長，一九四九－一九五二年時也是第一任以色列總統（第一任總理爲本．古里安）。我畫魏茨曼時不禁讚歎他是條好漢：眼如虎豹，眉似臥蠶，滴溜溜兩耳懸珠，明皎皎雙睛點漆。唇方口正，髭鬚地閣輕盈，額闊頂圓，皮肉天倉飽滿。

我特別希望到座落於希伯來大學校園內的以色列國家圖書館（National Library of Israel）參觀。

圖四：卡夫卡
（Franz Kafka, 1883-1924）

這所圖書館收藏了我喜愛的作家卡夫卡（圖四）的遺跡。卡夫卡於一九二四年因結核病逝世，生命最後一段在維也納度過，他的作品由其至交布勞德保存。一九三九年德國納粹軍隊入侵捷克，布勞德逃往巴勒斯坦，一九六八年臨終前，將卡夫卡的遺作轉交給祕書霍芬，囑咐將所有收藏品轉贈給耶路撒冷的圖書館。霍芬卻將卡夫卡的遺作據爲己有，甚至還賣了一些。最後以色列法院判決，這些遺作所有權給以色列國家圖書館。

我很喜歡卡夫卡的一個故事：他在柏林的公園散步，遇到了一個丟失了洋娃娃的女孩。卡夫卡幫忙尋找，但無結果。卡夫卡以洋娃娃的名義，寫信給女孩：「請不要哭泣。我去世界各地旅行了，我會寫信給妳，講述我的冒險。」最後，卡夫卡買了一個洋娃娃給女孩，聲稱是旅遊回來。女孩疑惑地說：「她不像我的洋娃娃。」卡夫卡遞給她另一封洋娃娃寫的信：「我的旅行改變了我。」小女孩接受了新的洋娃娃。多年後，女孩在洋娃娃體內找到卡夫卡的信，寫著：「你所愛的一切可能會失去，但最終，愛會以另一種方式回來。」面對改變是成長不可或缺的歷程。女孩懷抱眞心，願意營造這份連結，卡夫卡引導女孩，將失去的苦痛奇蹟式地轉化爲愛的獲得。

希伯來大學校園內有育成ＶＬＸ創投公司。這家公司的精神是「Proud to Fail」，將失敗當成重要的經驗。猶太人捨得投資，不怕賠錢，是有歷史淵源的。猶太人流浪在他國，容易被人欺負，不小心命都沒了，因此敢拚，大膽投資花錢。同樣的，猶太人在尋找資金時，也毫不客氣。台灣人成立公司尋求資金時，稍被金主批評，臉皮薄，感到羞愧，就放棄了。猶太人則是不死心，沒拿到錢，絕不干休。有一個笑話，敘述一個人移民到以色列，不會說希伯來文，只記住三個詞兒：「請」、「謝謝」、「對不起」。二十年後他的兒子希伯來文講得流利，卻沒學到請、謝謝、對不起這三個詞兒。這代表猶太人行事積極，當仁不讓，絕不客氣的精神。以色列人特別重視創新應用，強調「Be the First」，投資是第一眼就要看到標的是具前瞻及突破性（A right first look for investment）。這種精神很值得我們效法。

魏茨曼理工學院

二〇一四年十二月二十四日我到以色列參訪魏茨曼理工學院（圖一）。這個學校很像台灣的中央研究院，只做基礎研究。

魏茨曼理工學院副校長雪夫（Mudi Sheves）簡報魏茨曼理工學院技術移轉的策略。他先介紹該校的研發成果，但並不談論文數目，也不列引用次數（Citation Number）。他藉由德國細菌

圖一：魏茨曼理工學院（Weizmann Institute of Technology）

圖二：埃爾利希（Paul Ehrlich, 1854-1915）

學暨免疫學家埃爾利希（圖二）的話：「優越研究的條件是3G：Gedacht（原創想法）、Geduld（耐心），以及Geld（金錢）。」原創想法與耐心比金錢重要。雪夫說，魏茨曼理工學院鼓勵「好奇導向的研究」（Curiosity Driven Research），並說：「教授應該專心做研究，不可分心做商業化的兼職」，他補充，「很多教授自以爲很會做商業化，其實做得很爛；商業化應由專業人員來進行。」這幾句話說入我的心坎。

我特別來到魏茨曼理工學院的化學館（Helen and Milton A. Kimmelman Building）拜訪晶體學家約納特教授。化學館前一隻貓兒來迎接，靠在我手上撒嬌（圖三）。魏茨曼理工學院校園和交通大學最大的不同是，前者見貓不見狗，而後者是見狗不見貓。進入化學館後上樓來到約納特的辦公室（圖四）。她研究將核糖體結晶並分析結構。在一九七〇年代幾乎沒人相信核糖體可以結晶，而且即使能夠結晶，也會因爲核糖體太複雜而不能解析結構。一九八〇年代，她多次從不同細菌來源的核糖體得到了晶體。一九八九年更得到細菌核糖體的冷凍電鏡低解析度結構，因此於二〇〇九年獲得諾貝爾化學獎。約納特是很健談的老奶奶，話匣子一開，就停不下來。她抱怨說：「以前都有台灣學生來魏茨曼理工學院做研究，最近都不來了。」我說：「明年我們送幾個好學生到您的實驗室。」她聽了開懷大笑。她的辦公室狹窄，比台灣助理教授的辦公室還小，她的學生沒座位，還擠進她的辦公室。我來訪，她站著，卻堅持讓我坐在學生的椅子，令我感到很不好意思。臨別前我代表台灣科技部致贈銀幣一枚。她很高興地收下來，期待和台灣更進一步的合作。

圖三：貓兒來迎接

魏茨曼理工學院以以色列第一任總統爲名，他是錫安主義（Zionism）

倡導者，以猶太復國爲己任。返回以色列的猶太人都是虔誠的猶太教人。有趣的是，我的美國猶太友人告知，近年不少猶太人信奉佛教，占美國佛教徒比例約30％，但在文化上仍有猶太傳統，這些人稱爲猶佛（JuBu或Jewish Buddhist）。

圖四：約納特（Ada E. Yonath, b. 1939）

RSA安全加密

二〇一四年十二月我到以色列參訪一家網路安全公司EMC^2。EMC^{2}代表愛因斯坦能量轉換公式。這家網路安全公司的前身是RSA Security，以RSA加密演算法爲基礎，將之商業化。RSA是三位美國麻省理工學院（MIT）教授的名字。李瓦士（Rivest）和夏米爾（Shamir）想出加密演算法，而艾道曼（Adleman）則想辦法破解。多次試驗後，艾道曼破解不了李瓦士和夏米爾修正後的最後演算法，李瓦士和夏米爾據此寫出一篇論文。兩個人將艾道曼加入爲論文的共同作者，最初爲艾道曼拒絕。艾道曼回憶說：「So I tell Ron "Take my name off this, this is your stuff."」（Ron亦即李瓦士）另外兩位力勸，最後艾道曼同意擔任共同作者，但要求將自己名字放在最後。演算法以三人爲名，依照論文作者的排序，是爲RSA。一九九七年三人公開RSA加密演算法，並取得專利權，應用在電子商務交易，扮演了相當重要的角色，目前有很多的數位消費性產品，例如視訊轉換器與智慧卡，都利用了RSA加密來傳遞訊息。爲了檢測RSA技術的安全性，RSA Security提出了八個巨大合成數讓數學家作質數分解。這些合成數都是由兩個巨大的質數相乘積，要分解它們很困難。最小的質數代號RSA-576，總共有一百七十四位數，在二〇〇三年被一個德國機構成功地分解，獲得RSA Security所提供的獎金一萬美金。許多學者都努力想分解更大的RSA質數。

EMC²是美國在以色列的分支。我來拜訪時正值猶太人光明節（Hanukah）的第七天，副總裁貝里（圖一）點燃七支蠟燭，並以希伯來語唱光明節的聖歌。猶太人在光明節時會點亮九叉蠟燭，紀念西元前一六五年馬加比（Judah Maccabees）打敗古希臘敘利亞人。馬加比收復耶路撒冷後，聖殿重新獻給上帝。聖殿中剩下一罐聖油，只夠用一天。但奇蹟般地，油卻燒了八天，這就是光明節爲何要慶祝八天的原因。我們訪問以色列時正值光明節，因此躬逢其盛，看到了九叉燭台。馬加比的希伯來文maqqabah意思是「鐵鎚」，這個家族天賦過人，每遇危難，總能以機智死裡逃生，「漫道落人圈套死，卻從鬼裡去求生」，反敗爲勝。談到當年用一罐橄欖油點燃八天蠟燭的故事，我笑著說：「這是節約能源的高科技，你們應該申請專利。」以色列人笑著稱是。

參訪EMC²，我有兩個感想。其一，RSA三位教授彼此不肯居功，是學術倫理的楷模。

國內某些教授，寫論文時爭功諉過，不是自己的貢獻，也要掛名。論文出問題，又撇清得一乾二淨，眞是羞煞人。其二，RSA加密演算法是基礎科學，卻對產業界有重大的影響。國內某些教授自認研究基礎科學，卻認爲基礎科學和產業毫無關聯。他們應該好好省思RSA這個例子。

圖一：貝里（Oma Berry）點燃蠟燭，唱光明節聖歌

本・古里安與猶佛

二〇一四年十二月我代表科技部訪問以色列，飛抵特拉維夫機場時，在機場大廳看到一座半身雕像（圖一），是以色列第一任總理本・古里安（圖二）。以色列採取內閣制，總理是以色列的政府首腦，由總統任命國會多數黨的領袖擔任。總統是國家元首，由以色列國會選舉產生，因此總統與總理往往來自於同一政黨，一屆任期七年。本・古里安係由以色列第一任總統魏茨曼所任命。這對搭檔爲英雄豪傑之士，在歷史上留下不少膾炙人口的故事。英國首相邱吉爾（圖三）很喜歡魏茨曼，認爲他如同先知摩西。魏茨曼瘦長，而本・古里安的身材矮胖，光禿的頭頂周圍長滿了先知般蓬亂的白髮，粗眉糙鼻，下巴突出，十足粗獷的工人階級作風。本・古里安有很強的行動力。他曾說：「任何人會瘋狂地宣稱自己是猶太人，一定是個猶太人。（Anyone who is crazy enough to declare himself a Jew is a Jew.）」他被《時代百人：本世紀

圖一：本・古里安
（David Ben Gurion, 1886-1973）

圖三：邱吉爾
（Winston Spencer Churchill, 1874-1965）

圖二：本．古里安

最重要的人物》選爲領袖與革命家。

本．古里安被視爲錫安主義者的偶像，致力於猶太復國以及其現代化建設。有趣的是，他反對電視台的設立，認爲電視會奪走青年的創新精神。他的預感沒錯，今天我們看到青年融入西方價值觀的思想，皆不免受到電視的引導。

本．古里安並無宗教信仰，但他強力支持猶太安息日（Sabbath）是星期六而非星期天，以保持猶太民族的宗教傳統和猶太人民的團結。很少人知道，他是一個認真學習佛教禪定（Meditation）的學生。猶太教和佛教並不完全是相互契合的互補意識形態。例如猶太信奉上帝，而佛教徒則不信神。本．古里安兩者都不信，卻又能將其精髓融合。

其實有不少猶太人和本·古里安一樣習佛教禪定。一九九〇年達賴喇嘛邀請世界各地的猶太教拉比對話，在精神層面交流了深刻的議題，是爲「猶佛現象」。在此對話，可窺見到猶太民族經歷顚沛流離，深深體驗人生之苦，自然對於佛教苦、集、滅、道四諦的道理特別感同身受。在保持猶太教信仰時，仍然很願意學習佛教的智慧。更有猶太人因此成爲佛教徒，稱之爲猶佛（Jubu）。著名的猶佛戈特利布（David Gottlieb）說：「苦難是問題的重心。」最樂觀的猶太教徒，能擁抱苦難，而最差勁的人只會銘記苦楚。佛教禪學則明確教人如何終結苦難，而不是回顧過去的苦難。本·古里安藉由禪定學習如何終結苦難，面對挑戰。他豪氣萬千地說：「困難的事我們可以立刻就做，不可能的事情則需要多一點時間。（The difficult we do immediately. The impossible takes a little longer.）」

特拉凱城堡

二〇一四年十月我來到立陶宛的特拉凱（Trakai）。該處的觀光區有一面大看板，細說十三世紀的歷史。當時立陶宛容許多神教的存在，讓基督國家的條頓騎士團（Teutonic Order，亦即十字軍）很不滿意，想好好教訓立陶宛，改變他們的信仰。立陶宛的格迪米尼茲大公（圖一）為了提防十字軍入侵，在特拉凱建築城堡，做為防禦工事，地點位於今日的舊特拉凱區（Old

圖一：格迪米尼茲
（Grand Duke Gediminas, 1275-1341）

圖二：貝爾魯特（Birute）

Trakai）。格迪米尼茲大公建都維爾紐斯後，將特拉凱城堡賞給兒子卡思特提斯（Kestutis, 1297-1382）。卡思特提斯爲了取悅妻子貝爾魯特（圖二），在其轄區的加爾瓦湖（Galve）的湖中小島建築了城堡，以木橋連接岸邊。貝爾魯特出生於波羅的海附近的帕蘭加（Palanga），是守護祭壇的女祭司。根據異教習俗，女祭司必須是處女。處女貝爾魯特的美貌人人讚：「纖腰嬝娜，素體輕盈，臉堆三月嬌花，眉掃初春嫩柳，香肌撲簌瑤台月，翠鬟籠鬆楚岫雲。」統治特拉凱的卡思特提斯風聞貝爾魯特的美麗與智慧，要娶她爲妻。貝爾魯特回絕，說她已和神有約，不能結婚。卡思特提斯知道貝爾魯特如此堅貞，白璧無瑕稱至寶，青蓮不染發奇香，更是非娶不可。貝爾魯特泣交頤下，戰慄不迎，卡思特提斯仍然霸王硬上弓，派軍隊將她「請」到特拉凱，舉行盛大婚禮。他們夫妻最大的貢獻應該是生下了維陶塔斯大帝（Vytautas, 1350-1430）。卡思特提斯爲妻子貝爾魯特築了湖中城堡，而維陶塔斯則爲妻子安娜建了教堂，都成爲今日立陶宛的觀光景點，也算是一段父子佳話。

圖三：特拉凱城堡

圖四：城堡的廁所

特拉凱城堡四周爲湖泊圍繞，下層是石頭，上層是紅磚牆（圖三）。立陶宛缺石頭，因此很多建築都是以石頭和紅磚混合爲建材。冬天結冰，可步行穿過湖面，走到小島上的城堡。城堡廁所的設計相當有趣，突出於牆外，底下空洞，出恭時排泄物直接墜落城外牆角（圖四中城堡的兩個廁所，一高一低）。如果您如廁不小心，人也可能會自由落體，跌到城下。

維爾紐斯大學

圖一：維爾紐斯大學的校徽

二〇一四年十一月二十一日我到立陶宛的維爾紐斯大學參訪。我特別注意到，該大學的校徽是在立陶宛州旗圖案下方加上一隻拿著書的左手（圖一）。立陶宛州旗是十五世紀的立陶宛皇家旗幟（Royal Banner of Lithuania）。立陶宛的國旗是三色旗（圖二），黃色代表土地，綠色代表田野，而紅色則代表曾爲立陶宛壯烈犧牲的烈士之鮮血。雖然已有國旗，立陶宛仍然保留州旗，因爲那是傳統皇權的驕傲。我先來到維爾紐斯大學圖書館（Vilnius University Library），由校方派人來導覽。維爾紐斯大學的圖書館比維爾紐斯大學早九年成立，最早一批書是齊格蒙特二世（Zygmunt II August, 1520-1572）所捐贈，是十六世紀最棒的文物。可惜的是，不少瑰寶在戰亂中佚失。

我們首先來到古典書籍的閱覽室（圖三），這間大廳是維爾紐斯大學圖書館最古老的部分，原本是學校的食堂（Refectory）。一八〇三年維爾紐斯大學請該校教授史馬格留西茲（圖四）來畫大廳的壁畫。他在窗與窗之間的牆壁畫了許多希臘先哲的肖像，完工後此廳成為學校許多重要儀式（如畢業典禮）的舉辦場地，拿破崙和沙皇都曾來拜訪。

圖二：中華民國及立陶宛國旗徽章

今大廳兩側擺滿玻璃桌櫥窗，內部排滿古老書籍，頗有書卷氣，真正是「家有餘糧雞犬飽，户多書籍子孫賢」。看著這些高齡書籍，卻不識貨，參觀時間苦短，無法一一仔細玩賞，豈不是入寶山空手而歸？心中想著，就挑最古老的書來鑑賞吧。我問導覽員，最古老的書在哪兒，她很不以為然地說：「書籍的價值不在於年代。」我愣住啦，改問：「妳認為最有價值的書在哪兒？」她很得意地指著一本一七四〇年的《維吉爾全集》（*Vergilius, Opera Omnia*）。看了心中一喜，這本書並非單純印製維吉爾的詩，還包括尼德蘭著名學者米內爾（Jan Minell）的

圖三：史馬格留西茲大廳（Hall of Pranciškus Smuglevičius）

圖四：史馬格留西茲
（Franciszek Smuglewicz, 1745-1807）

注釋。一般而言，最古老的典藏是圖書館的驕傲。爲何導覽員悻悻然，不認同古老書籍的價值？立陶宛歷經外族統治，圖書館的珍藏往往被當成戰利品洗劫而去，因此維爾紐斯大學圖書館的典藏無法壯大。每當外族入侵，維爾紐斯大學的設備就被洗劫一空，例如當年價錢昂貴的化學設備，都不復存在。大型天文望遠鏡很笨重，帶不走，終能保留下來。我們走到樓上一個展覽室，放置古老的望遠鏡和地球儀，很顯然這些設備沒被入侵的外族列在掠奪的名單內。

我們繼續往圖書館樓上走，其樓梯維持古老原貌，並不寬敞，然而每個轉角對外的窗戶卻美麗得令人陶醉。學生們隨意坐在窗下念書或上網，怡然自得（圖五），讓我感受到這所大學的人文自由氛圍。

圖五：圖書館窗下怡然自得的學生

柏林大學

二〇一五年三月我到德國柏林，德國友人問我對柏林的印象，我的回答當然是正面的，引用馬克·吐溫的話，即使在十九世紀，柏林都比芝加哥光鮮亮麗。德國友人很滿意，補充說：「柏林是比芝加哥還古老的城市喔。」我路過創校於一八一〇年，著名的柏林大學。二次大戰後柏林市被劃分爲二，柏林大學被圈入東柏林境內。一九四八年在美英陣營的支持下，西柏林另外成立了柏林自由大學（Freie Universität Berlin，簡稱FU Berlin），原來的柏林大學則稱爲柏林洪堡大學（Humboldt-Universität zu Berlin，簡稱HU Berlin）。柏林洪堡大學產生三位諾貝爾物理學獎科學家，我小時候讀他們的故事，印象深刻。

第一位是布勞恩（圖一），他於一八七五年由柏林大學畢業。當時的世界受到無線電報這個新科技很大的影響，而布勞恩則因大幅改善無線電報的效能，與馬可尼（圖二）共同獲得

圖一：布勞恩
（Ferdinand Braun, 1850-1918）

圖二：馬可尼
（Guglielmo Marconi, 1874-1937）

一九〇九年的諾貝爾物理學獎。馬可尼的發明曾多次借用了布勞恩的專利。第一次世界大戰爆發後，馬可尼無線電公司企圖關閉紐約的無線電發射站，切斷美國和德國的通信。當時美國尚未參戰，六十四歲的布勞恩抱病穿越英國的封鎖線前往美國，維護德國設置在紐約的無線電站。美國對德國宣戰後，布勞恩成爲敵對國公民，美國不允許他返回德國，最後死於紐約布魯克林。

第二位讓我印象深刻的諾貝爾獎科學家是量子力學的創始人普朗克（圖三）。這位科學家人品極佳，到處受歡迎。一九〇七年維也納大學曾邀請普朗克前去接替波茲曼（Ludwig Eduard Boltzmann, 1844-1906）的講座，但他沒有接受，而是留在柏林。柏

圖三：普朗克
（Max Karl Ernst Ludwig Planck, 1858-1947）

圖四：海森堡
（Werner Heisenberg, 1901-1976）

林大學學生會以火炬遊行隊伍感謝他的留任。普朗克反對納粹政府，一九四五年一月二十三日，他的二兒子因爲參與暗殺希特勒未遂，被納粹殺害。普朗克白髮人送黑髮人，相當感傷。第三位讓我印象深刻的人物是海森堡（圖四），他也是量子力學的創始人之一，因爲「創立量子力學並據此發現氫的同素異形體」而榮獲一九三二年諾貝爾物理學獎。一九二〇年代中期，海森堡訪問丹麥，波耳（圖五）成爲他的良師益友。海森堡在一九四一年擔任柏林大學的物理研究所主任，此時他和波耳的關係變得緊張，因爲當時丹麥被德軍占領，對猶太人不友善。波耳有一半猶太人血統，當然不願意再和爲納粹服務的海森堡有瓜葛。海森堡爲納粹政府主持原子彈的發展計畫，引起費米

圖六：費米
（Enrico Fermi, 1901-1954）

圖五：波耳
（Niels Bohr, 1885-1962）

（圖六）等在美國的科學家的疑慮，要求美國政府進行曼哈頓計畫，終於搶先發展出第一顆原子彈。海森堡、波耳和費米三個人對物理學有重大的貢獻，海森堡在《歷史上最有影響力的一百人》的排名爲四十三，費米的排名爲七十六，而波耳的排名則爲一百。

太陽城卡爾斯魯厄

二〇一五年三月我訪問德國卡爾斯魯厄（Karlsruhe）。卡爾斯魯厄是德國聯邦最高法院和德國聯邦憲法法院的所在地。進出市區時，發現其街道的設計頗爲特別，這和德國藩侯卡爾三世（Karl III, Wilhelm von Baden-Durlach, 1679-1738）有關。「Karlsruhe」是指「卡爾的憩眠」。這個故事和立陶宛大公格迪米尼茲做夢，建立維爾紐斯城的故事類似。根據傳說卡爾三世有一次外出打獵，在森林睡著，夢見他身在一座金碧輝煌的宮殿，太陽出現於他所在的位置，陽光沿著街道向四面八方輻射而去。醒來後趕緊找人畫出他做夢時看到的城市藍圖，並在一七一五年建城。我們從地圖上可辨認出三十二條街道從宮殿延伸出，如同向四處散射的「太陽光線」，有人說這是對「太陽王」路易十四的崇拜。第二次世界大戰，盟軍轟炸卡爾斯魯厄，八成的房舍被摧毀，戰後重建，恢復繁榮。卡爾斯魯厄是賓士汽車集團（Benz & Co.）的創辦人賓士

圖二：赫茲（Heinrich Rudolf Hertz, 1857-1894）

圖一：賓士（Karl Benz, 1844-1929）

（圖一）的出生地。賓士是卡爾斯魯厄大學（University of Karlsruhe）的學生，於一八八五年發明汽車。卡爾斯魯厄大學有兩位教授的研究，我大學讀電磁學時就已耳熟能詳。第一位是布勞恩（Ferdinand Braun, 1850-1918）於一八九七年發明陰極射線管（CRT），亦稱爲布勞恩管（Braun Tube），最早用於示波器的顯示，因此獲得一九〇九年的諾貝爾獎。在德國，CRT被稱爲Braunsche Röhre，而日本則稱爲Buraun-kan。這項技術應用了一百餘年後才被平面顯示技術取代。第二位教授是赫茲（圖二），於一八八〇年代晚期在卡爾斯魯厄大學的一間教室實驗，發現電磁波（Electromagnetic Waves），後來這間教室以赫茲命名。

倫敦佛光山

二〇一八年九月我到英國倫敦，和格拉斯哥大學及倫敦大學學院的教授討論物聯網應用。由於倫敦佛光山道場離倫敦大學學院很近，我就增加行程，拜訪住持覺芸法師（圖一）。我想，藉地利之便，物聯網應用應可由倫敦大學學院延伸到倫敦佛光山，讓宗教哲學變成資通訊的應用服務。和覺芸法師細談方知，倫敦佛光山已採用遠距視訊系統，且與歐洲的佛光山分部皆有連結，未來加入物聯網應用，應不困難。

倫敦佛光山道場相當特別，由英國國教的修道院改建，原先是基督神學的學術重鎮之一，佛光山承接後，外貌仍是教堂原貌，而內部則是佛教規模。這座教堂是建築師威廉・巴特菲爾德（William Butterfield, 1814 - 1900）的傑作，是具牛津運動特色的哥德復興式建築。我來拜訪這段期間，佛光山倫敦道場正值整修，部分外貌被鷹架遮蔽，如圖二。

圖一：佛光山倫敦道場的三寶殿

倫敦佛光山實踐人間佛教教義，深入民間，無門戶之見。二〇一七年格蘭菲塔火災（Grenfell Tower fire），傷亡慘重。諾丁山衛理公會（Notting Hill Methodist Church）主持牧師舉行追悼會，佛光山也出席追悼，以英文轉達星雲大師祈願文，希望生者早日康復，亡者在上帝及阿彌陀佛的接引之下，能夠到光明的天堂和極樂世界去。

道場入口處原有的十字架一直高掛在建築物上，代表「宗教和諧，同體共生」。佛光山宣揚人間佛教，尊重並包容宗教的多元化，倡導種族平等、自然環境保護及尊重生命權，讓人們在宗教氛圍中體悟內心深處的平靜。圖書館外的《人間福報》不像今日媒體報導暴力、仇恨、而在傳達人間的眞、善、美。我認同這個理念，多年來爲《人間福報》撰寫《閃文集》專欄。在倫敦看到我自己的文章，是意外的驚喜。

圖二：倫敦道場正値整修

卷三

台灣的鴉片戰爭

魚尾獅

我多次訪問新加坡。訪問期間常有機會看到二次大戰時期，新加坡被日本統治的歷史古蹟。日本偷襲珍珠港後，「馬來之虎」山下奉文（1885-1946）於一九四一年十二月八日從中國海南島和印支半島入侵馬來亞，採取「腳踏車閃擊戰」的創新戰術，將英國陸軍打得落花流水，並擊沉英軍威爾斯主力戰艦及一艘驅逐巡洋艦。一九四二年一月日軍猛烈空襲新加坡。一九四二年二月十五日，英軍無條件投降，新加坡由山下奉文接管，被戲稱爲「獅子不敵老虎」。

「獅子不敵老虎」中的老虎自然是指山下奉文。新加坡則被稱爲獅子，因爲新加坡這個名字源於梵文「獅子城」（Singapura），是「三佛齊王國」的王子聖尼羅烏達瑪取的名字。這位王子在前往麻六甲時路過新加坡，登陸時看到一隻野獸。隨從信口開河，告訴他那是一隻獅子。於是他就稱該地爲獅子城。新加坡靠海，只有魚，哪會有獅子？一九六四年新加坡水族館館長

Fraser Brunnere將獅子和魚結合，虛構成魚身獅頭的「魚尾獅」（Merlion）。一九七二年第一座魚尾獅雕像完成於海濱橋邊，立了一塊銅匾，刻著：「魚尾獅是新加坡迎賓好客的象徵」（圖一）。我到新加坡本島南邊的聖淘沙島上也看到一座高達三十七公尺的巨型魚尾獅雕像，頭頂還架上行動電話基地台天線（圖二）。我愛其造型，以不同方式模仿畫出。圖三是圖騰化的魚尾獅。圖四a則是寫眞版，變成我寫的書《閃文集III》的封面（圖四b）。

山下奉文攻占東南亞時，掠奪了大量財寶，本來以新加坡及台灣爲轉運站，想將之運回日本，卻因美國控制了太平洋的航海權，無法海運。於是傳說山下奉文在菲律賓許多地方埋藏了大量的財富，稱之爲山下寶藏。這個傳說也擴展到台灣，言之咄咄的傳說山下寶藏送到台灣後無法轉運到日本，因此台灣島內也有寶藏，地點包括台北市博愛特區、台北市南昌路的「陸軍聯誼廳」、屏東縣崁頂鄉台糖後壁厝農場、台南的秋茂園、南投縣能高山區，以及桃園縣龍潭鄉與新竹縣交界處的山區。

圖一：新加坡第一座魚尾獅雕像完成於海濱橋邊

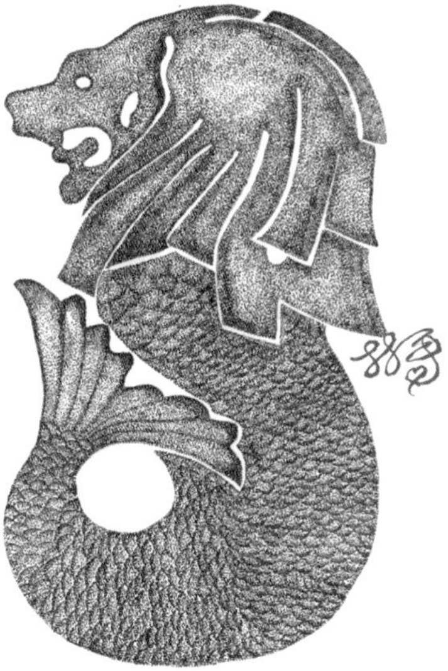

圖三：圖騰化的魚尾獅

圖二：聖淘沙島上37米的巨型魚尾獅雕像

圖四b：《閃文集III》的封面

圖四a：寫真版的魚尾獅

中央書局

圖一：林獻堂（1881-1956）

一九二五年秋天，台灣文化協會在台中召開全島大會。這個協會是一九二一年由林獻堂（圖一）和蔣渭水（圖二）所成立。在文化青年莊垂勝（圖三）號召下，一九二五年的全島大會決定模仿法國的沙龍，籌辦文化服務機構「中央俱樂部」。該俱樂部的創立趣意書寫道：「夫社會生活之向上，有賴協同互助之社交的訓練，而普及健實之新智識學問，啓發高尚的新生活趣味……時時開各種

圖三：莊垂勝（1897-1962）

圖二：蔣渭水（1891-1931）

講習、講演、音樂、演劇、影戲等會，藉以增益學識品行，啓發高尚的生活趣味，訓練協衷和樂的社交德性……」一九二七年該俱樂部解散，但在台中市錦町櫻橋通（今日中正路及市府路交叉口）一棟日式洋房創立了中央書局。這書局是日據時期台灣文人爲了維繫漢文傳統及拓展新思潮，集資募股而設立，銷售「漢和書籍雜誌、文房具學用品、洋畫材料額椽、運動器具服裝、蓄音器（留聲機）西洋樂器」。中央書局從中國大量進口漢文書籍，是台灣規模最大的中文書局，並以刊登廣告的方式來支持《台灣民報》、《台灣新民報史》、《南音雜誌》等漢文報章雜誌的發行，被日本政府視爲眼中釘而受到監視。

戰後國民政府接收台灣，中央書局是少數在日本時代開業而能留存下來的書局。二二八事件時，這裡成立輿論調查所，更成爲中部社會精英的大本營之一。莊垂勝被推舉主持「時局處理委員會」，沒多久被國民政府解散。他被免職，旋即被逮捕，受到拘留審問。雖然逃過牢獄之災，全身而退，卻從此沉默。而一心愛台的林獻堂被國民政府列爲「台省漢奸」，留下了傷感的詩句：「異國江山堪小住，故國花草有誰憐。」黯然離開台灣，老死於日本。

台灣光復後有不少文學雜誌及書籍經由中央書局出版。一九四七年一月十五日，中央書局代理發行的《文化交流》創刊。這是一本純文化雜誌，主題在介紹台灣與中國的文化，由王思翔與楊逵（圖四）合編。第二輯在排版時，二二八事件爆發，被迫停刊，所以第一輯係創刊號，亦是停刊號，可謂空前絕後。

圖四：楊逵（1906-1985）

就統治者而言，楊逵是屬於腦後有反骨的異議人士，日本人當政時關他，國民黨執政時也要關他。他的本名楊貴，因欽慕《水滸傳》中的「黑旋風」李逵，將筆名取爲楊逵。他在一九二七年中央書局成立那一年參加台灣文化協

圖五：台灣農民運動的旗幟

會和農民運動（圖五）合辦的全台巡迴演講活動，一九二九年二月遭到日警逮捕，押往監獄吃牢飯。一九三二年根據自己在東京送報的經驗，以日文完成小說《新聞配達夫》（送報伕），只刊行上半部，下半部被日本殖民政府禁印。一九三四年（昭和九年），這部小說參加日本《文學評論》雜誌徵文比賽，打敗所有日本作家的作品。日本評審只肯給他第二獎，第一獎從缺。

二二八事件爆發後兩年，楊逵夫妻同時被捕，判處死刑，後來改爲服刑一百多天。楊逵出獄後仍不知死活，在《上海公報》發表「和平宣言」，建議國民黨政府釋放二二八事件中逮捕的台灣民眾。這個舉動觸怒當時台灣省主席陳誠，以軍法審判，將他移送綠島新生訓導，關了十二年。楊逵很幽默地說：「我領過世上最高的稿費，是我只寫了一篇數百字的文章，就可吃十餘年免錢的飯。」我小時候讀楊逵的《鵝媽媽出嫁》，印象深刻。楊逵去世後葬於台中東海花園公墓，這裡也是我祖父母長眠之處。

一九五三年（民國四十二年），美國副總統尼克森（Richard Nixon, 1913-1994）夫婦訪問台中，在中央書局和文化人士座談。當時我還沒出生，未能躬逢其盛。四十一年後，我在紐約市中央公園巧遇尼克森，和他閒話家常。我告訴他我出生於台中，他的眼睛一亮，提到一九五三年在中央書局的往事，益感親切。

記得小時候每天吃完晚飯後，父親會帶著我外出散步，中央書局是必經之處。我會迫不及待地踏上書局內的磨石子地板，經由弧形的樓梯，衝上二樓。因為一樓都是文具或教科書，好看的書籍則陳列在二樓。我小時候看的書如《怒海餘生》（*Captains Courageous*）及《爺爺和我》（*The Old Man and the Boy*）。這些書都是在中央書局買的。在非常氣派的櫃台結完帳，店員會將書本裝進印有「中央書局」的牛皮紙袋裡，並且很貼心地贈送書籤。回家途中，拿著紙袋，感覺相當充實幸福。沒錢買書時，我就站著看免費的書，店員也不會趕人。

然而在大環境的變遷下，中央書局無法與新興的連鎖書店競爭，財務年年虧損，在一九九八年結束營業，將建築物出租，後來轉賣（圖六）。轉賣之後重新裝潢，建築物的洗石

圖六：中央書局建築物出租轉賣

圖七：二〇一三年我路過拍照

子地板、雕花外表都被遮去，中央書局的光環在世人褪色的記憶中逐漸消失（圖七）。

二〇二〇年中央書局再度開張。我希望中央書局的再出發能形塑出新文化，讓這一代年輕人有畢生難忘的回憶。有文化的城市一定有著名的書店；有文化的國家一定有著名的出版社。讓書店消失，是市長的罪過；讓出版社消失，是總統的罪過。在城市演進過程，如果沒考慮到這點，會是台灣後代的最大遺憾。

宮原眼科

圖一：宮原武熊（1874-？）

早期台中市長公館是一棟洋式樓房，建於一九二九年（昭和四年），原來是日據時期宮原眼科主治醫師宮原武熊（圖一）的住宅（圖二），台灣光復後被國民政府接收。宮原武熊在東京帝大醫學部眼科修業，之後前往德國慕尼黑大學留學，於一九一七年獲得德國的醫學博士學位。一九一八年在東京帝大傳染病研究所從事眼科細菌學研究，於一九二三年時又獲得帝大醫學博士學位。換言之他是德國慕尼黑

圖二：台中市長公館

大學與日本帝國大學的雙重醫學博士。他於一九二五年來到台灣，於一九二七年興建宮原醫院（地址在今日台中市中山路）。這所醫院是台中州第一家眼科醫院，今日卻創造了餐飲銷售的異數，出現了「宮原珍珠奶茶」的品牌，值得喝采。

宮原武熊是親台日人，和林獻堂來往密切，而遭日本極右派的排斥。一九四五年台灣光復後，林獻堂等人希望能留下宮原，繼續在台服務。國民政府不許，仍將宮原武熊遣返日本。愛台人士，不見容於日本政府，也不見容於國民政府，似乎是宿命。不僅是宮原武熊，連林獻堂也被逼走到日本，實在可嘆。宮原醫院以日人財產沒入政府資產，改爲台中市衛生院（圖

圖三：整修過的宮原眼科門口仍保留「台中市衛生院」刻字

三），之後沒落，變成廢墟。後來由知名鳳梨酥業者買下此建築，加以整修後於二○一一年重新開張，以宮原眼科的店名銷售餐飲。整修過程保留了許多舊建築的原物件，包括斑駁的紅磚牆以及舊牌樓的雕刻。入口處可以看到鑲在大理石地上的「宮原眼科1927」（圖四），建築外的騎廊則保留了當年紅磚拱廊的外觀。

走進宮原眼科屋內，遊客甚多，熱鬧非凡，每個人都拿著手機或相機照相。一樓可看見一排排挑高的櫃子，非常壯觀。櫃子裡放置一本本書籍外觀的包裝盒，裡頭都是糕餅食品，相當有意思（圖五）。有趣的是，進入屋內的右側，有一張視力測驗表，仔細一看，是鳳梨酥的廣告。宮

圖四：鑲在大理石地上的「宮原眼科1927」

圖五：宮原眼科屋內是一排排挑高的的櫃子

原眼科由廢墟浴火重生，是發展文創事業的極佳典範。我在網路上找不到宮原武熊的照片。二〇一三年六月一日有幸在宮原眼科三樓看到宮原武熊的古老照片，臨摹如圖一所示。

奇美博物館

我多次到台南奇美博物館參觀。在大門入口看到一座高聳的紀念碑（圖一），碑頂是巴列（圖二）的《鐵修斯戰勝半人半馬的怪獸》（*Thésée Combattant Le Centaure Biénor*），碑前是巴列的銅雕獅子（圖三）。我旅遊巴黎時，曾在羅浮宮橘園旁素描巴列創作的石獅子，和奇美博物館的原版銅雕獅子一模一樣，是同一時期的作品。我再度重逢巴列的作品，看了好高興，奇美博物館的館藏眞是不同凡響。巴列的獅子與眾不同，他的獨特風格是在一八三二年發展出來的。自古以來，獅子一直是權力的象徵，十九世紀的雕塑家會塑造端莊嚴肅的獅子以符合王者身分，而巴列則將獅子描繪爲凶猛，具威脅的野生貓科動物。

奇美博物館矗立的《鐵修斯戰勝半人半馬的怪獸》靈感來自《變形記》，描述英雄鐵修斯（Theseus）跳到半人半馬的怪獸比耶諾（Biénor）背上，用膝蓋強按住怪獸，左手拉扯怪獸

圖一：鐵修斯戰勝半人半馬的怪獸
（Thésée Combattant Le Centaure Biénor）紀念碑

圖二：巴列
（Antoine-Louis Barye, 1796-1875）

頭髮，右手高舉橡木棒要敲擊怪獸頭部，是文明戰勝野蠻的象徵。巴列這件作品流傳於世，有數種不同的縮小尺寸和一個模型。奇美收藏了最原始的尺寸，且爲一八六〇年最早翻製的兩件之一，最爲精緻，另一件現在收藏於法國南部的闊扎提耶博物館（The Musée Crozatier, Le Puy-en-Velay, France）。另外有兩件分別收藏在美國紐約大都會博物館（Metropolitan Museum of Art, New York，一八六七年翻製）以及法國巴黎羅浮宮（一八七七年翻製）。巴列去世後，美國人出資在巴黎市聖路易島（the Ile Saint-Louis）的東端建造了一座巴列紀念碑。紀念碑上是大型的《鐵修斯戰勝半人半馬的怪獸》，但在第二次世界大戰時被熔毀，鑄成砲彈。奇美博物館於一九九九年購得這件作品後，出借給巴黎市政府翻模放大八倍，並贊助鑄銅費用，在法國巴黎聖路易島復原。圖三是紀念碑上的銅雕也是放大的翻製版本。

去年春節我特別來到台南奇美博物

圖三：紀念碑前的銅雕獅子

館，主要目的是來看巴列的獅子。繞了十分鐘，人山人海，就離開了。巴列的獅子在正門入口，由入口到正門隔了一條河，有一座大橋，橋兩旁擺放了希臘神話的眾神雕像。有個女孩看到一座雕像，下面註明維納斯（圖四）。女孩說：「維納斯的手臂不是斷掉嗎？」我差一點笑出來，插嘴告訴她，這是斷腳的維納斯，不是斷手臂的維納斯。女孩以爲我在吃她豆腐，瞪我一眼就走掉了。我只能嘆息。我猜想這座維納斯像，應該是慕尼黑布拉斯奇維納斯的仿製品。原作是沒腳的（圖五）。但實際上奇美仿製的是克尼度斯的阿芙蘿黛蒂。

圖四：奇美仿製的克尼度斯的阿芙蘿黛蒂

圖五：我臨摹布拉斯奇維納斯

台灣的鴉片戰爭

圖一：後藤新平（1857-1929）

日據時代初期的民政長官後藤新平（圖一）爲了改善總督府財政，不全面禁止鴉片，而實施專賣。一九二八年林獻堂（1881-1956）等人控訴總督府鴉片專賣政策的毒害，但並未得到回應。蔣渭水（1891-1931）忍無可忍，寫了一封英文電報，於一九三〇年一月二日交代他十七歲的兒子蔣松輝拿去電報局拍發。蔣松輝相當機靈，趁著晚間英文發報員下班後，送至電報局，要求只懂二十六英文字母的值班發報員依字母將電文拍發到日內瓦國際聯盟。電文寫著：「日本政府此次對台灣人特許阿片吸食，不但爲人道上的問題，並且違背國際條約，對其政策進行，希速採取阻止方法，代表台灣四百萬人之台灣民眾黨。」林獻堂和蔣渭水家大業大，但眞心爲台灣，不惜槓上日本人，令我佩服。林獻堂被歷史學者Johanna M. Meskill譽爲「台灣自治運動的領袖與文化的褓母」，雖然沒被日本人搞垮，卻也難逃劫數，最後被國民政府逼走他鄉。而蔣渭水則被日據總督府視爲台灣政治社會運動的「第一指導者」，拘捕、囚禁他達十餘次之多。他是第一位因政治請願被拘禁的台灣人。死後家中貧困，租來的房舍被追討，家中唯一值錢的電話被用來抵債，逝世時的境況被形容爲「傷心身外一無餘，剩得蕭條數卷書，兒女遺孤猶在讀，親朋同志痛何如」。

圖二：杜聰明（1893-1986）

蔣渭水的鴉片請願努力沒有白費，國際聯盟終於介入調查。台灣總督府匆匆設置台北更生院（位於今日重慶北路與涼州街之間），爲鴉片矯治所，找了一位日本人當掛名院長，實際營運管理則交由醫局長杜聰明（圖二）負責。杜聰明早已著手研究慢性嗎啡中毒，希望能找出治療台灣人鴉片毒癮的方法。在擔任台灣更生院醫局長期間，杜聰明更進行深入的醫學研究。這些珍貴的毒癮醫學研究報告由日本外務省提到國際聯盟，引起國際注目，成爲當代鴉片毒癮研究權威的學術資料，台北更生院成了當時世界研究毒癮的重鎮，杜聰明也因此蜚聲國際。其中杜聰明實驗室首創的尿液篩檢毒素法，效果顯著、費用低廉且節省人工，直到今天仍廣爲世界所採用。台灣光復後，「台北更生院」由國民政府接收，改成「光復大陸設計委員會」。

後藤新平實施鴉片專賣，以價制量。一八七一年至一九一七年間在台灣傳教的甘爲霖牧師（William Campbell）觀察，持平而論，一八九五年前清廷治理台灣時，鴉片食用猖獗，無法斷然絕禁，因此後藤新平實施專賣的漸進方法，是務實的做法。

杜聰明的觀察力強，年輕時曾留學歐美各國有名的藥理研究中心，擴充他的國際觀及醫學教育的視野。杜聰明在英國見到了號稱「熱帶醫學之父」的萬巴德（Patrick Manson, 1844-1922）。一八六六年萬巴德來到台灣，行醫五年，治療痲瘋、象皮病及癩病等疾病。萬巴德技巧嫻熟，杜聰明向萬巴德請益，得到很多啓示。

巧遇余光中

我在詩人余光中生命最後半年有一段巧遇。在政治層面，余光中引起不少爭議，他說：「大陸是母親，台灣是妻子，香港是情人，歐洲是外遇。」其實他忘了，不管我們喜不喜歡，我們還有美國這個「繼父」，而日本才是外遇。李敖曾評論余光中「文高於學，學高於詩，詩高於品」。余光中是台灣統獨議題中的爭論人物，公眾對他的褒貶也是今日民眾對台灣前途認同搖擺不一的縮影。

撇開政治，余光中是相當有趣的人物。他就讀台大時高我父親三屆。我父親大一參加台大詩社，余光中擔任社長。父親的印象，余光中是戴著眼鏡，讀詩時搖頭晃腦的瘦小個兒。

二〇一七年三月，余光中和余師母要我幫他的新書畫封面，重畫了好幾位英美詩人肖像，都不滿意。

我乾脆畫了他的肖像當封面，沒被採納。這張畫我還留著（圖一）。我幫他畫的插畫，應該是他老人家最後一批書的插畫。

我和余老的相遇相當特別。二〇一七年四月，九歌出版社編輯鍾欣純小姐來信，希望我爲余光中老師的翻譯新作《英美現代詩選》繪製幾張詩人的畫像。鍾欣純小姐說，余光中老師和余師母看到我在《人間福報》發表的文章和插畫作品，因此邀請我來擔任畫人像工作。對我而言，這不是單純新鮮的經驗，而是一個挑戰，而終於不辱使命，獲得余老的感謝題字（圖二）。

圖一：余光中

我說余老的託付是一個挑戰，原因是我於一九七九年讀了一本顏元叔和余光中合著的書《文學漫談》。書中第二篇文章，是余光中對一本書《英美詩選》的評論。余光中認爲這是在學術上一本不及格的書，給予很低的評價。有趣的是，這本書有詩人的插畫肖像，余光中也頗不滿意。他說：「（這本書）每位詩人在篇首各附畫像一幅，可是畫得很不藝術，幾

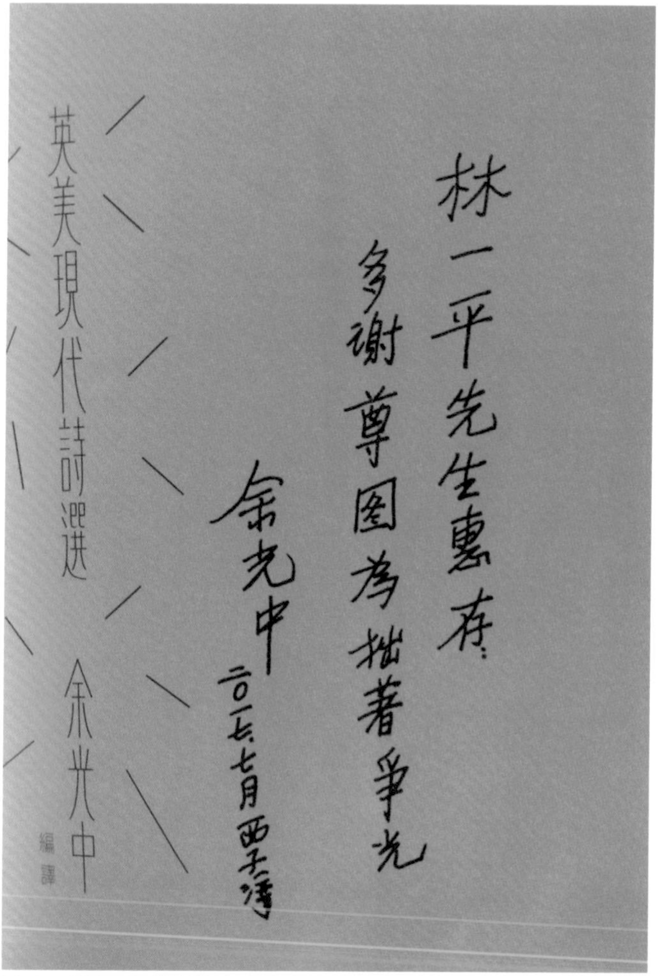
英美現代詩選
余光中
編譯
林一平先生惠存
多謝尊圖為拙著爭光
余光中
二〇一六七月西子灣
圖二：余光中的感謝題字

圖三：我的艾略特插畫

乎可做漫畫觀。有些畫像與本人相去甚遠……」事隔近四十年，余光中也捲起衣袖，寫了《英美現代詩選》，也要在書中放詩人的肖像。而製作插畫肖像的責任，則交給我。由於我讀過他一九七九年的文章，知道他對插畫的水準要求甚高，因此卯足勁，認眞畫，務求寫眞，以免被余老評爲「畫像與本人相去甚遠」。我畫了英國詩人哈代、葉慈、湯默斯，和美國詩人狄更斯、瑞格夫、R．S．湯默、斯賽克絲敦夫人等人。當中艾略特（Thomas Stearns Eliot, 1888-1965）畫像的初稿如圖三。沒想到余老想要的是線條簡單的素描，最後我重畫，是線條簡單的漫畫版本，眞是始料未及。

老舍茶館

年幼時讀老舍（舒慶春，圖一）的作品，敘述許多北京的街景，令我嚮往不已。二〇一二年十一月六日我到北京，沿途看街景，對照老舍的作品《駱駝祥子》，有相當體會。老舍寫著：

大概有九點鐘了，祥子拉著曹先生由西城回家。過了西單牌樓那一段熱鬧街市，往東入了長安街，人馬漸漸稀少起來。坦平的柏油馬路上鋪著一層薄雪，被街燈照得有點閃眼。偶爾過來輛汽車，燈光遠射，小雪粒在燈光裡帶著點黃亮，像灑著萬顆金砂。快到新華門那一帶，路本來極寬，加上薄雪，更教人眼寬神爽，而且一切都彷佛更嚴肅了些。「長安牌樓」，新華門的門樓，南海的紅牆，都戴上了素冠，配著朱柱紅牆，靜靜的在燈光下展示著故都的尊嚴。此時此地，令人感到北平彷佛並沒有居民，直是一片瓊宮玉宇，只有些老松默默的接著雪花。

圖一：老舍（1899-1966）

圖二：新華門

這段文章敘述新華門附近的街景，躍然於眼前。十一月六日夜晚我路過新華門（圖二），只見燈火分明，大概是在慶祝中國共產黨第十八次全國代表大會（中共十八大）。辛亥革命後，總統府設在中南海。當時中南海沒有自己的院門，進出要穿過紫禁城，頗不方便。於是袁世凱將皇城牆拆除，新建兩面八字牆，將寶月樓和兩側皇城牆相連，並在樓下開大門，命名爲「新華門」。晚清經學家、文學家王湘綺（王闓運，1833-1916）故意將新華門說成「新莽門」，嘲笑袁世凱是「王莽篡漢」，氣得袁世凱七竅冒煙，卻又無可奈何。

我們一路來到「老舍茶館」（圖三）享用晚餐。這家茶館建於一九八八年，店名源於老舍的文學小說《茶館》。此部作品經由小茶館的小人物，呈現出風雲變幻的北京城。老舍茶館是喝茶看戲的人氣場所，茶點相當特殊（圖四），曾接待過好幾位國外元首，餐後可另外買票看

圖三：老舍茶館

圖四：老舍茶館的茶點

表演，有京劇、變臉、雜技等節目。晚餐時有國樂表演。我以豐子愷的手法以毛筆畫出老舍茶館內表演國樂的辣妹。

老舍在文化大革命時被當成「牛鬼蛇神」，慘遭毒打侮辱。遍體鱗傷的老舍深夜獨自出走到北京城西北角外的太平湖，跳湖自盡。環視老舍茶館熱鬧歡愉的氛圍，回想老舍的悲慘下場，不禁感慨。

魯迅

我高中時代讀了魯迅（圖一）的小說《故鄉》，當中有一句話：「其實地上本沒有路，走的人多了，便成了路。」所謂篳路藍縷，以啓山林，對我有相當啓發。魯迅在大陸被尊崇，但他的作品在台灣威權時代卻被查禁。當年魯迅寫雜文，與蔣介石爲首的國民黨對壘抗衡，難怪會被國民黨列入拒絕往來戶。我年幼時，路邊的舊書攤除了賣色情刊物外，也兼賣魯迅的禁書，因此有機會接觸他的作品。魯迅比蔣介石年長六歲，兩位是浙江老同鄉。

魯迅早年留日學醫時，看到一部日俄戰爭的紀錄片。片中敘述中國人被俄國吸收，擔任偵探，被日本軍逮捕槍斃，而喜歡在場圍觀的，竟然都是中國人。對於中國人麻木不仁，魯迅受到刺激，認爲「救國救民需先救思想」，於是棄醫從文，希望用文學來改造中國人的「劣根性」。一九〇五年日本政府壓制中國留學生的革命活動，頒布「取締清國留學生規則」。自費

圖一：魯迅
（周樹人，Lu Xun, 1881-1936）

留學的秋瑾（圖二）認爲中國留學生不應接受這種侮辱，帶頭四處奔走，集結了七、八百名學生，不斷激勵學生堅持鬥爭，最後決定回國。官派留學的魯迅，大概拿了清廷的獎學金，反對集體回國，惹怒了秋瑾。她拔出隨身攜帶的日本刀，對魯迅大聲喝道：「投降滿虜，賣友求榮。

圖二：秋瑾（Jin Qiu, 1875-1907）

欺壓漢人，吃我一刀。」北岡正子的著作《魯迅——在日本這個異文化的國度中》對秋瑾的評價很高，讚譽中顯示出中華女俠的風采：「這位女性，不僅姿色動人，還言談爽快，令鬚眉黯然遜色。」秋瑾本身是個傳奇，她的人格特質，著實讓人迷戀。

一九二一年十二月魯迅發表《阿Q正傳》。他精通日語及德語，對於英文卻沒好感，不喜歡在文章中夾雜英文句子。他用Q字，因爲Q字右下方有一撇，就像中國人的小辮子。一九二四年，印度大詩人泰戈爾來訪紫禁城，魯迅與泰戈爾會見。魯迅將其訪華評價爲「做了一瓶香水」，認爲作秀成分較高。二〇〇八年中國第十一屆全國人大一次會議閉幕後，台灣記者問溫家寶：「是否會對台灣釋出更多的經貿優惠政策」，溫家寶回答時引用魯迅的詩《題三義塔》：「度盡劫波兄弟在，相逢一笑泯恩仇」，是海峽兩岸和解的名句。我多次畫魯迅的肖像，有正經的畫法（圖三），也有漫畫式的畫法（圖四）。

圖四：漫畫式畫法的魯迅

圖三：正經畫法的魯迅

北大三師

早期的北京大學有三位學貫中西的大師。第一位是辜鴻銘（1857-1928），第二位是蔡元培（1868-1940），第三位是胡適（1981-1962）。

一九一五年辜鴻銘在北京大學任教授，主講英國文學。在教英詩時，學生向他請教掌握西文的方法，他回答：「先背熟一部名家著作作根基。」辜鴻銘說：「今人讀英文十年，開目僅能閱報，伸紙僅能修函，皆由幼年讀一貓一狗之式教科書，是以終其身只有小成。」他主張中國私塾教授法，開蒙時讀四書五經，須背誦如流水。他有很多異於常人的看法，常對新文化及新名詞批判。一九一五年九月，他在北京大學的開學典禮上大發議論，說：「現在的文章都不通，所用的名詞就不通，比如說『改良』二字吧，以前只說『從良』，沒有說『改良』的，既然已經是『良』了，你還要改什麼，你要改『良』爲『娼』嗎？」

滿清滅亡後辜鴻銘仍留辮子，因此有人戲稱：「全世界只有一條男辮子保留在辜鴻銘頭上」。他梳著小辮走進北大課堂，學生們哄堂大笑。辜鴻銘則平靜地說：「我頭上的辮子是有形的，你們心中的辮子卻是無形的。」聽到此話，學生一片靜默。其實辜鴻銘留學英國時，就已先國人剪去了辮子，直到後來人們開始談論革命，他才又留了辮子。

當時北京大學的主導權操在洋教授手中，辜鴻銘不信邪，看到德國教授就用德文罵，看到法國教授就用法文罵，看到英國教授就用英文罵，罵得北大外國教授難以回嘴，北大學生嘖嘖稱奇，蔚爲奇觀。

北京大學開校務會議、教務會議或其他重要會議，都用英文。不懂英文的中國教授只能坐在會場乾瞪眼，毫無發言權。一九一六年蔡元培到北大當校長，要求教務會議改用中文發言。洋教授們群起反對。蔡元培說，如果我在貴國教書，你們會不會因爲我是中國人，開會時遷就我講中文？洋教授們語塞，從此之後，北京大學的教務會議都以中文發言。後來蔡元培被免校長職務，辜鴻銘也憤而辭職。

一九一九年第一次世界大戰剛落幕後，胡適（圖一）邀請他的老師杜威（圖二）到中國訪問。杜威到達中國的第五天，五四運動（May Fourth Movement）爆發，目睹廣大學生上街遊行示威，抗議軍閥政府，以及社會各界人士對學生的同情和支持。他相當興奮，熱烈地觀察這個

圖一：胡適（Hu, Shih, 1891-1962）

圖二：杜威（John Dewey, 1859-1952）

運動，寫信給他的小孩，說道：「我們這一輩子從來沒有像過去四個月這般的學習。特別是上個月，有太多東西需要消化。（never in our lives had we begun to learn as much as in the last four months. And the last month particularly, there has been too much food to be digestible.）」第一次世界大戰觸發五四運動，讓中國人覺醒改變，也是弱國發聲，希望能被平等對待。而北京大學的學生則扮演重要推手。

五四運動成爲新文化的思想運動。胡適藉此推廣白話文。北大學生反對，說白話文囉嗦，拍電報時太花錢。胡適挑戰學生，說如果有人請你出來當官，你不想接受，如何拍電報回絕。學生最短的文言文電文是：「才疏學淺，難堪大任。」胡適的白話文電文是：「不幹。」也夠絕啦。

怪咖辜鴻銘

圖一：辜鴻銘

辜鴻銘（圖一）是一位學貫中西，將中國文化傳播西方的先驅人物。他是南洋華僑，留學歐洲，納日本人爲妾，跟隨張之洞當「洋文案」。因此自道：「生在南洋，學在西洋，娶在東洋，仕在北洋。」他那個時代的西洋人都說：「到北京可以不看三大殿（紫禁城），不可不看辜鴻銘。」

辜鴻銘十歲時赴英，跟隨英國義父布朗學習德文。布朗要求辜鴻銘隨他一起背誦歌德的長詩

《浮士德》。朗誦時，布朗一邊比畫地表演，要求辜鴻銘模仿著他的動作背誦。辜鴻銘極想知道《浮士德》書裡講的內容，但布朗堅持不肯逐字逐句地講解。他說：「只求你說得熟，並不求你聽得懂。聽懂再背，心就亂了，反倒背不熟。等你把《浮士德》倒背如流之時我再講給你聽！」半年多的工夫辜鴻銘便囫圇吞棗地把一部《浮士德》大致背了下來。

第二年布朗開始講解《浮士德》給辜鴻銘聽。他認爲越晚講解，了解就越深，因爲經典名作不同於一般著作，大部分人無法一聽就懂。學完《浮士德》，辜鴻銘開始學背誦莎士比亞的戲劇，於一年內將莎士比亞的三十七部戲劇都記熟了。辜鴻銘下了極深的功夫在背誦，有分教：「名花不放不生芳，美玉不磨不生光。不是一番寒徹骨，怎得梅花撲鼻香。」他的實力，絕非憑空而來。辜鴻銘除了「背功」驚人外，還有別的特異功能。旅英時有一次在公共汽車上倒拿著報紙看。周圍的英國人嘲笑這個鄉巴佬，不懂英文還裝著看報。辜鴻銘淡淡地說：「英文太簡單了，不倒讀簡直沒意思。」然後以一口地道的倫敦腔大聲倒念報紙，英國人都驚獃了。

一九〇〇年八國聯軍進占北京，辜鴻銘被派和八國聯軍首領瓦德西（Alfred Graf von Waldersee, 1832-1904）進行談判。《清史稿》稱道辜鴻銘：「庚子拳亂，聯軍北犯。湯生（辜鴻銘）以英文草《尊王篇》，申大義，列強知中華以禮教立國，終不可侮，和議乃就。」那時的北京有人說：「庚子賠款後，若沒有一個辜鴻銘支撐國家門面，西方人會把中國人看成連鼻子都不會有的！」辜鴻銘留學法國，在巴黎租屋，女房東是巴黎最著名的妓女。當時瓦德西常常探頭探腦地來辜鴻銘寄居之處找女房東。經女房東介紹，兩人頗爲熟識。庚子之亂，德國公使被殺，德國皇帝大怒，宣布北京城破之日，當以進入野蠻之國的方式對待中國，大開殺戒。幸而瓦德西在談判中不斷與辜鴻銘通風報信，中國終於能順利地展開和談。最後是殺了兩位滿洲親王和大臣趙舒翹。倒楣的趙舒翹，是以極爲特別的「跳加官」方式處死。

一九二一年美國《紐約時報》（*New York Times*）曾刊登穿著前清朝服、拖著長辮子的辜鴻銘漫畫。他撰文《沒有文化的美國》（*Uncivilized United States*），批評美國文學，說除了愛倫坡（Edger Allan Poe）所著的《安娜貝爾李》（*Annabellelee Lee*）之外，美國壓根沒一首好詩。美國人有雅量，全文登載，得到各方青睞。印度聖雄甘地（圖二）讀了這篇文章，稱辜鴻銘爲「One of the most prominent Chinese」。

圖二：甘地
（Mohandas Karamchand Gandhi, 1869-1948）

徐霞客

圖一：擴增實境眼鏡

我的學術研究著重物聯網（Internet of Things），而物聯網的一個重要應用是旅遊導覽。這類應用結合智慧型手機的定位功能（Location based），以及擴增實境技術，提供旅遊資訊。現今最好的擴增實境眼鏡是台灣的產品（圖一），眞正是台灣之光。不幸的是，技術已成熟，卻沒有好的旅遊內容亮點。於是這

圖二：徐霞客（1587-1641）

類應用很難眞正貼近旅遊者的需求。

同樣的，要寫出最好的旅遊應用，自己必須成爲眞正的旅行家。旅行家的典範是徐霞客（圖二）。他熱愛旅遊，曾說：「張騫鑿空，未睹崑崙；唐玄奘、元耶律楚材銜人主之命，乃得西遊。吾以老布衣，孤筇雙屨，窮河沙，上崑崙，歷西域，題名絕國，與三人而爲四，死不恨矣。」這位偉大的旅行家勤於記載其遊歷，部分被後人集結成《徐霞客遊記》。二〇一一年三月三十日，中國國務院常務會議通過決議，將《徐霞客遊記》開篇日五月十九日定爲「中國旅遊日」。不過徐霞客書中也有不實報導。他說：「唐玄奘銜人主之命，乃得西遊」，並不正確。唐朝法律規定，凡須越渡關塞要津出國者，須向官府申請「過所」（簽證）。在唐太宗執政早期，辦理印度的簽證非常困難，唐玄奘等了三年都批不下來，最後決定偷渡出國。所以唐玄奘是偷渡客，而非奉旨出使印度。

圖三：懸空寺

徐霞客的文筆描述生動，一六三三年（明崇禎六年）他遊歷懸空寺（圖三）。懸空寺位於山西省渾源縣，建於一四○○年北魏後期，是佛、道、儒三教合一的獨特寺廟。懸空寺倚靠深入岩壁的木柱承受重量（而非照片中看得到的木柱）。懸空寺被《時代週刊》選爲世界十大「不穩定建築」，整體建築物是由非常高超的木匠技巧完成的，如發生地震，卯榫雖會劇烈移動，仍可保證整體建築物的完整性。文化大革命時懸空寺遭到破壞，佛像的頭被砍掉，實在可惜。《徐霞客遊記》記載：「西崖之半，層樓高懸，曲榭斜倚，望之如蜃吐重台者，懸空寺也。五台北壑，亦有懸空寺，擬此未能具體。仰之神飛，鼓勇獨登、入則樓閣高下，檻路屈曲，崖既矗削，為天下巨觀。而寺之點綴，兼能盡勝，依岩結構，而不為岩石累者僅此。而增寮位置適序，凡客坐禪龕，明窗暖榻，尋丈之間，肅然中雅。」我未曾目睹懸空寺，讀了這段文字，嚮往不已。行動旅遊應用的內容如果能達到徐霞客一半的水準，就很有看頭了。

台灣並無懸空寺這樣獨特的景點，但我們可以將目光放在那些被忽視或不太知名的寶藏地點上。這些隱藏的寶藏可能是一個小巷弄裡的特色咖啡店，一個寧靜的公園，或是一個不為人知的歷史古蹟。這樣的內容能夠讓旅遊者體驗到當地的眞實文化和地方特色，提供更深入、更豐富的旅遊體驗。

此外，旅遊應用也應該注重與當地社區和旅遊業者的合作，建立起良好的合作關係。如此不僅可以提供更眞實、更具深度的旅遊資訊，讓旅遊者可以獲得獨特的體驗，還能夠支持當地經濟，促進可持續的旅遊發展。

勸學篇

圖一：中村正直
（Nakamura Masanao, 1832-1891）

日本明治維新受到留學歐美的日本學者很大的影響。當中原來學習荷蘭學的中村正直（圖一）留英考察，帶回斯邁爾斯（圖二）一八五九年出版的《自助論》（*Self-Help*），翻譯爲日文，取名《西國立志篇》，對日本人的品德造成很大的改變。和中村正直同一時代，對日本有決定性影響的另一位人物是福澤諭吉（1835-1901）。他到美國考察，發現在美國，沒有人注意喬治・華盛頓後代的狀況，

圖二：斯邁爾斯
（Samuel Smiles, 1812-1904）

圖三：張之洞（1837-1909）

相當震驚。因爲當時在日本，每個人都以英雄崇拜的心態來探索了解德川家康子孫的近況。福澤諭吉以此爲依據，抨擊日本封建專制，並肯定美國人民的自由平等。他在其著作《勸學篇》說：「天在人之上不造人，天在人之下不造人」，強調人天生是平等的，不應該有貴賤上下之別。他的論點當然沒錯，不過以華盛頓爲例，有一點抓瞎了。事實是，華盛頓並沒有留下任何後裔讓美國人去「注意」。福澤諭吉發表《脫亞論》，蔑視東亞其他國家，導致日本侵略中國，最後終究害了日本。

在同一時代，中國的張之洞（圖三）也寫了《勸學篇》，分量則遠低於福澤諭吉的同名文章。張之洞雖然知道西方的優點應該學習，卻只會全套複製，知其然而不知其所以然，最後往往只學到半套。張之洞《勸學篇》的水準，也只不過是「西學甚繁，凡西學不切要者，東（洋）人已酌刪節之，中東（洋）情勢風俗相近，仿行較易。事半功倍，無過此者。」自己不會消化吸收，卻等著日本人幫你消化吸收；只會照單全收，未見變通，可行乎？日本人的模仿，則大部分能青出於藍，而更勝於藍。

即使如此，張之洞對民國的成立是有貢獻的。孫文曾說：「張之洞是不言革命之大革命家。」張之洞於一九〇一年提出「興學育才」，採用近代教育體制，並邀請日本教官訓練湖北新軍。而湖北新軍則主導了武昌起義。張之洞睡覺不按常規出牌，曾被彈劾「興居不節，號令無時」。他連站立行走都別出一格，喜蹲椅上據案而食，不喜垂足而坐。張之洞一生顯宦高官，位極人臣，而宦囊空空，可稱廉介。他和我一樣，都是愛貓的人。

卷四

大學的高貴情操

高中的歲月

圖一：高中的自畫像

我國中時就讀台中市的居仁中學，不很專心讀書，早上一到學校就等中午吃飯。印象中媽媽做的便當非常好吃（有紅燒蝦仁）。吃完中飯就等下午下課，心不在焉。高中聯考放榜，我的分數是五五二・八五。台中一中的錄取分數是五五二・九，我高分落榜。本來要到台中二中當榜首，結果申請查分數多出〇・五分。於是以最後一名入學台中一中。圖一是我高中的自畫像。當年台中一中依照聯考分數編班，分數越高，班級的編號越高。我在二班，被稱爲放牛班。每天早上到學校，仍然沿襲國中在等中午吃飯的習慣。

我高一時，下課往往不回家，在台中市區到處亂晃。有一天，在街上遇到人來搭訕，要我加入幫派。我問怎麼會找到我頭上。他說，他是星探，觀察我很有當流氓的潛力，特別來招募。當時年少不懂事，拒絕加入，說，你們這個幫派太小，我要混也要混大的。結果得罪對方。有一次台中女中舉辦園遊會，我跑去廝混。有人通風報信，我得罪的幫派揚言要派人拿武士刀找我算帳。我躲到女生廁所避禍，逃過一劫。四十年後有幸受邀到台中女中演講，想找當年救命的廁所，已不存在，因爲大樓已拆除，讓我惆悵不已。

當時升學至上，身處放牛班，頗有二等公民的自卑，上課打瞌睡，下課則翻牆四處閒逛。某日走入學校附近的美國新聞處（ＵＳＩＳ），發現有金髮碧眼的美女圖書館員，頗想與之親近，於是想辦法拿到一張圖書證，就常常跑到美國新聞處的圖書館廝混。在這段時間，有機會讀到許多戒嚴時代看不到的翻譯書籍以及外文書。我的英文不行，帶著字典慢慢翻。在美國新聞處苦讀的成果是，英文程度大幅提升，而高中歷史考試卻不及格，因爲課本教的和我在美國新聞處讀到的歷史，往往有所出入。

在放牛班有好處，只要讀書，就會名列前茅，很有成就感。高二後，有所覺悟，開始認眞讀書，終於有好成績，在高三時升入資優班。此時正值發育期，餓得最凶，第三節下課開始吃便當，上課鈴響後，仍然繼續吃。第四節通常都排數學課，吃便當會被數學老師叫起來罰站。我後來養成站著念書以及邊走路邊寫學術論文的習慣。

高中放牛班的經驗對我的人生很有幫助。我後來到美國攻讀電腦博士學位時，怎麼努力，都輸別人。每次考試，都深感挫折。但回想當年在台中一中的放牛班，都熬過來了，心情好一點，繼續努力。二〇一八年，台中一中通知我，當選傑出校友，令我受寵若驚，五月一日，父親、三叔和太太陪同我參加頒獎典禮。校方讓傑出校友在陶片印上手印（圖二），燒製鑲嵌在牆上。我望著手印，彷彿是高中翻牆逃學時留在牆上的手印，不禁莞爾。

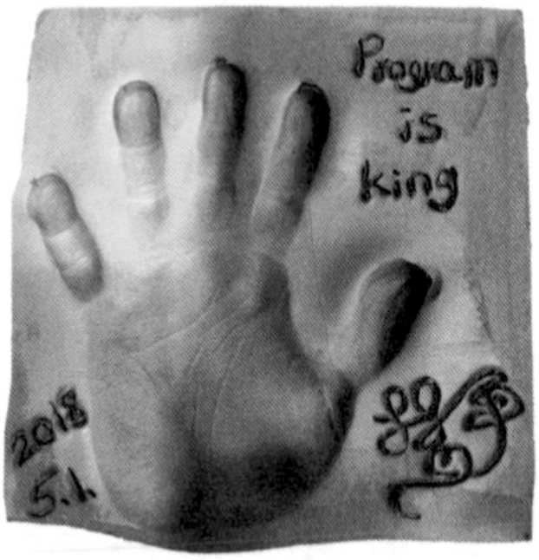

圖二：台中一中傑出校友的手印

大學的歲月

我大學聯考時數學成績考砸了，滿分爲一百分，我只拿到十七分。幸好成功大學不嫌棄，慈悲收容我，讓我入學電機系。聯考低分讓我對數學相當畏懼。幸好大一微積分課程的教授相當有啓發性，去除了我的恐懼。當時成大工學院微積分考試採取統一考題。我很認眞地念書考試，竟然考滿分，而且是全工學院唯一的一個滿分，眞正是饅頭落地狗造化，運氣好得不得了。

我在大學遇到不少好老師。教我電磁學的毛齊武老師更將物理公式引申到哲學境界，讓我的想像力能無限擴展。大四修了抽象數學，糊裡糊塗地拿到了最高的九十四分。授課的教授是英國愛丁堡大學博士，告訴我他念博士時，他的指導教授給他一個一百年來解不出的數學難題。他苦思不得其解。有一天累了，躺在學校大草坪的大樹下睡覺，忽然有一隻兔子跳過他身邊。他被吵醒後，思路豁然開朗，抓到靈感，奮筆疾飛，推導出答案。他的論文只有九頁，可能是有史以來最短的博士論文。一九九二年我特地訪問愛丁堡大學，躺在同一棵大樹下，看看有沒有兔子跳過，啓發我的靈感。結果啥都沒發生，只招到風寒，頻頻打噴嚏。

成功大學在一九七〇年代設置大型計算機，令我著迷，每天清晨六點我就趕到計算機中心排隊，搶著以電腦打卡機（後來是終端機）來寫程式。看著卡片一一餵入讀卡機，「噠噠噠」的響一陣後，計算機就會給答案，相當有趣。和計算機互動，感覺就像在談情說愛。我如何墜入資訊的愛河？這得由一九七九年我的大一時代說起。當年成功大學電機系是很無聊的「和尚系」，女生不但是稀有動物，甚至幾乎是絕種動物。因此我常常跑到外文系旁聽廝混，看看女孩順便學學英文。不過當年外文系女生頗不容易搭訕。每次絞盡腦汁，藉故提問，她頭一撇，就是不理睬，讓人尷尬得不知如何打哈哈。

有一天，聽到外文系女孩聊天，說暑假要到計算機中心學電腦。於是想到，如果能當計算機中心的助教，一定有一堆女生主動來談天問問題，豈不是老鼠掉進牛奶缸的好機會？於是我想盡門路，終於皇天不負苦心人，在大一暑假時，巴結到計算機中心的助教職務（這個工作一般不給大一學生的）。果然在擔任助教時找到了女朋友（圖一），也愛上計算機工程，走上資訊研究的不歸路。爲了追求女朋友，我做出違背師道的行爲。當年暑假她來到成功大學上電腦暑期班，我擔任助教，下課時，特別熱心地輔導她寫程式。爲了能有更多時間和她廝混，故意

圖一：大一時代的女朋友

圖二：愛迪生發電機

拖延，我越教她越不懂，相處的時間越長，心中喜樂，眞是罪過。

成大電機系在創校時是電氣工學科，系館是日據時代的建築，我很喜歡在其中尋找骨董。就讀大學二年級時，我在系館看到一個昭和五年的水龍頭，大爲驚豔，成功大學還比這個水龍頭小一歲呢。而當中最令我著迷的骨董是愛迪生發電機（圖二）。據說當年全世界僅存的愛迪生發電機只有成大這一部還能正常運作。我於一九九〇至一九九五年間旅居於美國紐澤西州的藍道夫（Randolph），距離當年愛迪生實驗室所在地西橘（West Orange）約二十二英里。因地利之便，我曾經數度參觀位於西橘的愛迪生國家紀念館（Edison National Historic Site），特別去探望愛迪生發電機，頗有他鄉遇故知的親切感。

研究所的歲月

一九八五年九月我有幸入學在計算機科學領域全美國排名前十名的華盛頓大學（西雅圖）。新生報到日時我來到系館，由研究生接待。接待我的竟然是一位年僅十餘歲的毛頭小孩。我詫異地問他，是否是教授的小孩。他說不是。然則是跳級大學部的學生？也不是。是碩士生？也不是。原來他已有計算機科學以及物理雙碩士，現在正專攻博士。我當時感到相當震撼，見識到華大計算機科學系的臥虎藏龍。華盛頓大學有一個「小天才學程」（Early Entrance Program），可讓國中生預修後直升華大的大學部，因此博士班有毛頭小孩這種學生。二〇〇〇年我再度訪問華大一年。當時我國小五年級的女兒Denise亦申請到這個學程（是獲准入學中年紀最小者）。不過這個入學方案，除了要求學生合格外，家長也需要面試，並承諾於小孩就學期間全程定居華盛頓州，陪伴小孩。主要原因是這個學程的功課負擔很重，在預修這一年，家長必須隨傳隨到，和學校充分配合。我的工作在台灣，無法達到學校要求，Denise也終究沒有跳級入學華盛頓大學。

華大計算機系氣氛溫暖而訓練過程極為嚴格。記得一九八五年入學後的第一個學期我選修計算機架構（Computer Architecture），心中忐忑，怕跟不上進度。一同來華大留學的台大碩士生黃書淵安慰我說：「我在台大修過進階的計算機架構課程（Advanced Computer Architecture），你不懂可以問我。」有此保障，我稍稍安心。上完第一堂課，我果然聽不懂，趕緊找黃書淵求救。沒想到他也是一臉慘綠，上課聽得霧煞煞，和我一樣聽不懂。

我今日若有一點學術成就，都歸功於兩位指導教授拉索斯卡（圖一）及貝爾（圖二）。一九八五年我跟著貝爾教授做研究。當時他正執行一個IBM的計畫，要我當他的研究助理。一開始時，我非常沒有信心，怕做不好，因此告訴貝爾，說：「我先不要領錢，等做好研究再拿。」他不同意，堅持我一定要拿錢。我第一次向IBM金主報告時，結結巴巴，不知所云，而台下的貝爾則臉色越來越綠。貝爾教授被折磨到會議結束後，舒了一口氣，很慈祥地拍拍我肩膀，說：「我看你也很累了，還是早點回去休息吧。」學習和研究面臨困境，我當然感到挫折，幸好在貝爾教授耐心帶領下，我的研究漸漸能進入狀況。

一九八六年後，我改由拉索斯卡教授指導。他給我最大的啓發是「從事研究時一定要問對

圖一：拉索斯卡（Edward Lazowska）

圖二：貝爾（Jean-Loup Baer）

問題」。拉索斯卡說：「問一個好問題或將問題做對的重組，答案自然就浮現。」我和拉索斯卡討論問題，常常告訴他問題很難。他閉目聽我敘述完畢後，會微笑講道：「我重新將你的問題說一遍給你聽。」於是重新以另一個角度描述問題。當他說完時，答案已經呼之欲出了。所以定義一個問題很重要，如果定義不清，做一大堆研究其實只是在繞圈圈，你花了很大力氣最後才發現在浪費時間。

著名的雜誌*Communications of ACM*專訪拉索斯卡。他被問到，「就計算機科學領域的教學而言，現在和過去五年、十年，甚至二十年前有何不同？」拉索斯卡的答案是，沒有任何差別。他說：「指導教授的任務是教導學生『發現的過程』（The Process of

Discovery）。」小孩與生俱來就有探索周遭事物的能力。可惜的是，當他們進入大學時，這個本能往往就不見了。所以我們的任務是教他們再變回小孩，恢復他們四歲時所擁有的「發掘事物的能力」。拉索斯卡嘗試著恢復我「四歲時的能力」，引導我學到如何探索研究。我的智慧不足，沒有學到拉索斯卡的本事，但也感受到他的思考邏輯，很感激他的教誨。

我在接受拉索斯卡教授博士訓練的過程時，也深深體會到做中學是學習「發現的過程」的最佳方式。這依循盧梭（Jean-Jacques Rousseau, 1712-1778）的《愛彌兒》理論。《愛彌兒》影響到「現代教育之父」杜威（John Dewey, 1859-1952）最重要的教育思想：做中學。杜威在其著作《民主與教育》將民主帶入課堂教學，而《愛彌兒》則提供了實施計畫及陳述的原則，鼓勵學生獨立思考，著重做中學。拉索斯卡教授則將之客製化，來教導包括我在內的學生。

電線架設工人

我因緣際會，曾當過兩次電線架設工人（Telephone Lineman）。Lineman是「電線架設工人」的美式用語，英式拼字爲Linesman。這個工作最早出現於一八四〇年代，爲了架設電報線而產生。早期的電報線都掛在樹上，後來嫌樹枝雜亂，而且規劃的電報線路不見得會有樹可掛，於是就開始架設木製電線桿。一八七〇年代電話發明後，Lineman變成架設電話線的工人。一八九〇年代大規模的發電廠建設後，Lineman也被用來稱呼架設電力線的工人。同一支電線桿，可架設多種不同用途的電線。電力線爲「強電」，較危險，因此架得最高。電話線是「弱電」，架得較低。我服兵役時當過架線兵，知道這個工作很辛苦。我在陸軍通校服兵役，印象最深刻的是以「登高板」（圖一）爬電線桿的訓練。爬桿需要兩塊登高板。使用時，揹著一塊板子，抓住另一塊板子的鐵鉤，環繞電線桿，並鉤住前面的麻繩，之後雙腳踩上板子。站上第一塊板子後，將第二塊板子往電線桿更高的地方掛，再爬上第二塊板子。最困難的動作是，取下第一塊板子再往上爬。取下面板子時，以右手握住麻繩，要有相當的握力，支撐全身的重量。然後兩腳擺成很奇怪的姿態（事隔四十餘年，我已忘掉如何擺姿勢了），面孔朝地面，以左手將下方的麻繩取下。然後重複先前的步驟往上爬。我記得我的動作和別人相反，因爲我慣用左手。

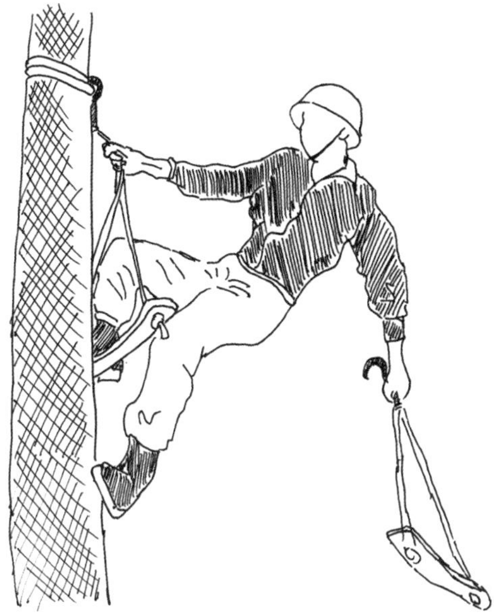

圖一：登高板之操作

通信兵的訓練要求，是三個板子爬上桿，兩個板子下地面。在陸軍通校訓練時，必須在四十五秒內完成，我從來沒有及格過。我當時練到手都破皮，最初的紀錄是二分鐘，爬上桿就已經花二分鐘，下地面〇秒，其實是直接跌到地面。陸軍通校的教官嚇唬我們，說野戰通信兵都必須在二十秒內完成，否則掛在桿上，無法閃避，往往變成敵人的活靶。八二三砲戰時傷亡最多的是通信

圖二：美式登高鞋

兵，每次查線，出去一個，就摔倒一個，非死即傷。

中國軍隊的登高板技術不是自創，就是從日本學來的，絕對不是美國技術。美軍的登高設備包括一個皮帶和登高鞋（圖二）。皮帶圈住腰部和電線桿，登高鞋的鞋跟有馬刺，可咬住木製電線桿，藉以向上爬升。當電線桿是水泥柱時，馬刺派不上用場，電線桿必須打洞插入鐵棒，讓人當階梯踩踏。

當年我在陸軍通校受訓時，通信兵區分爲有線、無線，及載波三類。我是倒楣的有線班，負責爬電線桿架線。有線通信兵行軍時，背上都揹著一個被覆線絞線盤。架線時，揹著絞線盤的人只管往前走，聽口令行動，被覆線有時掛在牆角或樹枝、電線桿上，大都打個活結了事。收線也是麻煩事，僅以簡單工具輔助（圖三）。

當過通信兵的「代馬輸卒」張拓蕪回憶，當年軍隊經費拮据，通訊被覆線都是舊品或廢

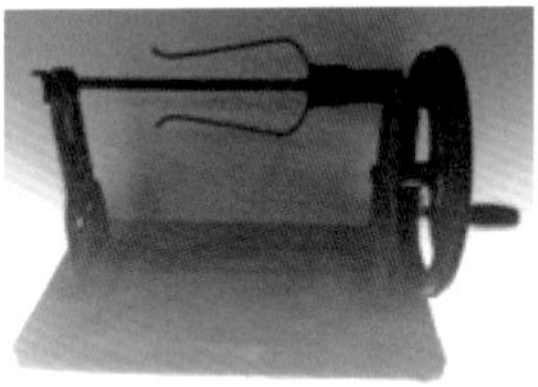

圖三：電話線的手搖收線機（收藏於高雄科工館）

品，破損的，臨時接上的，因此常常接不通。有線通信兵最好別得罪人，否則仇人拿大頭針插入電話線，接通了也會有雜音，聽不清楚。這時候你只好一寸一寸摸電線，找大頭針。張拓蕪回憶他當年在蘇北如皋縣打仗，大雪冰封，電話線斷，任誰也無法可想。他說：「電話線斷，通信排長該負責修復，修通，然而通信排長有何辦法？要槍斃？那也只得任憑上級長官怎樣施行了。好在大地一片白茫茫，雪深及腰，別說無法行走，即使大地上出現任何一點和白雪相異的色點，都會成爲最顯著的射擊目標，閉著眼睛也會打中！」

由一八九○年到一九三○年的四十年間，電話線架設被認爲是最危險的工作之一，大約有三分之一的電線工人因公殉職。因此形成工會，以保障架電線工人的權益。工會最早的領導者是Henry Miller。我曾擔任中華電信董事，有機會和其工會打交道。除了爭取員工權益外，中華電信工會也常提出改善公司經營的建設性意見。

一九五二年某美國雜誌封面，是四位電線工在電線桿上吊了一部收音機，聽世界盃足球賽的廣播。一般人看這張畫都會覺得有趣。然而外行看熱鬧，內行看門道。對於圈內人，這張圖很忠實地表達了電線工的世界。電線工爬上電線桿後，工作未完，不會輕易下桿的。因此圖中四位電線工在工作中斷休息時，在電線桿上收聽廣播節目。一九九一年我曾在美國印第安那州當電話電線工，和一群白人電線工混了一個月。印第安那州的白人友善溫和，但也保守排外。當初和我這個黃種人工作時，對我禮貌但冷淡。有一次我不用剪線夾，表演徒手去除電線的被覆塑膠皮（這是我當兵時學到的絕技），讓白人電線工開了眼界，相當佩服，才把我當成自己人。

一九九五年後我擔任教授職務至今，教電信課程，還常吹牛，自認是最接地氣，唯一曾經爬過東、西方兩種電線桿的教授。

我很感謝當年服兵役的經驗，才有機會爬電線桿。今日國防，以科技爲主。年輕人不要怕服兵役，應正面思考，找機會拓展在軍中的接觸面，多體驗民間學不到的科技，相信對未來的人生會有幫助。

大學的高貴情操

大家對第一流大學有許多不同的定義。然而今日大學往往爲了達成量化指標，不擇手段，甚至引發許多學術倫理問題，斯文掃地。今日學生的品德，是否被忽略了？二〇一二年八月我訪問耶魯大學，這所大學古早時培養出許多高貴情操的學生。我在其舊校區看到海爾的銅像，由下仰望，素描其面部（圖一）。海爾畢業於耶魯大學，在美國獨立戰爭時對抗英軍，被派到敵後收集情報。一七七五年英軍占領紐約市（大約是今日曼哈頓南端的華爾街附近），華盛頓將軍撤退到曼哈頓北邊，急需獲得英軍部署的情報。海爾自願潛入敵人的占領區去收集情報，不幸被人舉發，遭英軍逮捕，一七七六年九月二十二日處以絞刑。他臨終前說：「我唯一的遺憾是，只有一條生命可以獻給我的國家。（I only regret that I have but one life to give for my country.）」一九一四年耶魯大學爲他豎立銅像，但卻找不到他的肖像照片，只好找來一九一四

圖一：海爾（Nathan Hale, 1755-1776）

圖二：韋伯斯特（Noah Webster, 1758-1843）

年那一班學生，挑出長相最忠貞愛國的學生當模特兒，製成「海爾銅像」。

獨立戰爭影響不少耶魯大學畢業生的命運，也彰顯出其宏觀視野。例如編寫韋氏大字典的韋伯斯特（圖二），若非獨立戰爭，他可能只是美國某個地方的律師。他於十六歲時入學耶魯大學，當時美國獨立戰爭爆發。韋伯斯特就學期間，愛國不落人後，加入了康乃狄克州地方軍。他學習法律，但因戰亂，在耶魯大學讀完碩士學位後未仔細考慮職業的生涯規畫，沒有當律師的機會，一陣曲折後，就去中小學教書，並試圖建立一些小規模學校，都不是很成功。韋伯斯特主張美國獨立不僅是實體國家的獨立，更應該在文化層次獨立。他認爲美國民族主義高於歐洲，因爲美國的價值觀更優越。他以編寫字典實現了他的理想，爲美國知識界做出了奠基的貢獻。他沒有創造美式英語，但美式英語卻被他的字典定義了（He didn't create American English, but his dictionary defined it）。他在康乃狄克州的紐哈芬市家中進行字典的編寫，我於二〇一二年訪問紐哈芬市，想尋找他家原址，被告知，已被遷移不在了，頗爲失望。

旅途遇貓

我過去數年訪問維爾紐斯、巴黎、莫斯科，以及耶路撒冷等城市，有機會見到不少可愛的貓咪。二〇一四年十一月我參訪立陶宛科技創新署（MITA），在門口看到一隻貓兒（圖一）。我靠近她，她居然完全不怕生，對著我吐舌頭。我趕緊素描她吐舌頭的模樣（圖二）。這貓兒像是一位淘氣的立陶宛女孩。

二〇一五年我來到巴黎，當地的貓兒警覺性高，看到我就跑掉，來不及拍照，當中一隻黑貓，長相類似謝爾雷特的作品，我模仿素描。我在巴黎羅浮宮觀賞名畫《迦南的婚宴》（*The Wedding Feast at Cana*），也發現畫中右下角有隻貓兒在玩耍（圖三）。

二〇一三年我訪問利雅德（Riyadh）時，也看到不少貓。伊斯蘭教是愛貓的宗教，甚至說：「愛貓是信仰的一部分。」傳說貓咪額頭上的四道斑痕是「M」標誌，代表穆罕默德

（Muhammad）。貓兒救過穆罕默德，而穆罕默德則賜福貓咪，不管貓咪如何在空中翻滾，都能四腳著地。

早期的基督教傳說，貓咪額頭上的四道斑痕是聖母瑪利亞撫摸貓咪留下的標記，代表祝福及安慰聖嬰的虎斑貓瑪麗（Mary）。中古世紀的基督教則將貓和魔鬼連結，認爲貓是女巫的寵物和助手，貓被妖魔化並屠殺。最後基督教國家自食殺貓的惡果，老鼠大量繁殖，造成黑死病的大災難。無論新約或舊約《聖經》，從未提到和貓有關的主要議題，古代的猶太教似乎認爲貓兒不信仰上帝，因爲貓兒不太理主人。然而猶太教對貓兒有正面的評價，《塔木德》（*Eruvin*）寫著：「如果上帝沒有給咱們舊約聖經，我們可向貓兒學到謙虛。（If God had not given us the Torah, then we would have learned modesty from the cat.）」一般而言，猶太人對貓的認知和中國人類似，是在家捕鼠的工具，而非寵物。猶太人不相信黑貓會帶來厄運這一類的迷信。猶太喜劇演員馬克思（Groucho Marx）說：「如果一隻黑貓穿過你的路徑，這意味著這隻動物要去某處，和壞運的迷信無關。（If a black cat crosses your path, it means the animal is going somewhere.）」猶太教會堂往往養貓（稱之shul katze）來保護其圖書館的藏書。希特勒恨貓，而納粹則常用狗來追蹤並攻擊猶太人，在那個年代，猶太人有如貓兒，聽到狗吠就害怕。今日猶太人中有許多愛貓人士，耶路撒冷到處都是貓。馬克・吐溫（Mark Twain）於一八六七年訪問

圖一：MITA貓

圖二：素描貓兒吐舌頭

巴勒斯坦，對耶路撒冷的評語是，以粗糙石頭隨便鋪陳街道的「貧窮村落」。有趣的是，他和我一樣觀察到，耶路撒冷有許多貓。他以幽默的口吻說，他常看到貓兒由街道的一端輕易地跳躍到另一端，可見街道之狹窄，無法容納馬車來這座聖城（Holy City）巡禮。

圖三：我模仿畫謝爾雷特的貓兒

圖四：我家貓咪也想旅遊

貓兒喜不喜歡旅行？每當我要出國，整理行李箱，我家的貓咪就迫不及待地跳進行李箱，將擺好的衣物擠到一旁，給自己留了一個好位置，窩在當中等我帶他出國（圖四）。

黃石探索

圖一：渥斯本
（Henry Dana Washburn, 1832-1871）

一九八九年我們一家人到美國黃石公園旅遊。我特別留意黃石公園最初如何被發現的歷史。

尋找黃石公園，稱為「渥斯本－蘭福德－多恩探險」（Washburn–Langford–Doane Expedition），過程極為有趣。主角渥斯本（圖一）原本是在印第安納州（Indiana）執業的律師，在南北戰爭時投筆從戎，加入印第安納的北方自願軍，因為作戰英勇，

圖二：蘭福德
（Nathaniel Pitt Langford, 1832-1911）

圖三：多恩
（Gustavus Cheyney Doane, 1840-1892）

在一八六四年底晉升將軍，戰後曾擔任國會議員。一八七〇年渥斯本規畫探索黃石（Yellowstone Exploration），當時北太平洋鐵路公司（Northern Pacific Railroad）也有興趣將鐵路延伸到此地，派出代表蘭福德（圖二）參與渥斯本的探險。蘭福德是銀行家，極具探險精神，一八六二年曾經參加探險隊，探勘蒙大拿州的金礦，並經營多家公司。由於此行具有危險性，渥斯本請求軍方派兵保護。軍方指派多恩上尉（圖三）擔任探險隊的護衛。多恩年輕時嚮往軍旅生涯，加入北方自願軍，參與南北戰爭，一路升遷，官拜美國騎兵隊上尉。

這次遠征於一八七〇年八月二十二日由蒙大拿州（Montana）出發，經由黃石河朝西南方進入懷俄明州，於九月三日來到黃石湖（Yellowstone Lake）東側。之後進入了上層和下層間歇噴泉盆地（Upper and Lower Geyser Basins），當時的陽光清晰照耀，在不遠處可看到一個乾淨、密集而閃閃發光的水柱，噴了約三十二至五十六公尺高空。探險隊員叫著「間歇泉！間歇泉！」興奮地踢打倦怠的馬兒，圍繞在這個完美間歇泉的四周仔細觀察，看到由水氣穿過的孔穴，形成一個不規則的橢圓，直徑約一公尺。間歇泉周圍形成了一個個儲滿水的小洞，帶著各種沉積物的小水珠。探險隊觀察到這個噴泉很規律地每隔四十五至一百二十五分鐘噴發一次，決定命名它爲「老忠實」間歇噴泉（Old Faithful Geyser）。此地有許多地熱區噴泉（Geothermal Spring），例如猛獁溫泉（Mammoth Hot Springs）的陽台山（Terrace Mountain）是世界上最大的碳酸鹽沉積溫泉。碳酸鹽沉積形成錐狀奇特景觀（圖四）。

在探險過程，多恩的表現機智多謀，而最重要的是他寫了很詳細的探險報告，敘述黃石的自然現象，說服美國國會成立黃石國家公園（Yellowstone National Park）。多恩的文筆甚佳，描述自然景象相當生動，我讀他的報告，對於這位軍人的文采相當佩服。爲了紀念這次探險的功勞，黃石公園內各命名了一座渥斯本山（Mount Washburn），一座蘭福德山（Mount Langford）以及一座多恩山（Mount Doane）。

黃石國家公園成立後，蘭福德擔任第一任園長（Superintendent），被戲稱爲「蘭福德國家

圖四：噴泉造成錐狀沉積岩的奇特景觀

圖五：太太及女兒在黃石公園

公園」，因為他的名字縮寫為N.P.，也是國家公園（National Park）的縮寫。公園成立之初，「老忠實」間歇噴泉常被用來洗衣服，做法是在停止噴發時將衣物放在噴發口上，等到噴發時，衣服就會被沖到天空，自動洗乾淨。我來到黃石公園，陶醉於河川風景（圖五）。印象深刻的是，在懷俄明州的荒野公路上開車，貪看風景，沒禮讓穿越公路的牛羊，被開了一張十五美金的罰單。

聖塔菲

圖一：卡尼（Stephen Watts Kearny, 1794-1848）

我曾在一九八〇至一九九〇年代數度造訪美國新墨西哥州的聖塔菲（Santa Fe）。這城市最著名的歷史事蹟和美墨戰爭相關。美墨戰爭時的美國猛將卡尼將軍（圖一）征服加州及新墨西哥，並於一八四六年九月二十二日在聖塔菲宣布《卡尼法規》（*The Kearny Code*），制定了新墨西哥領土的法律及政府組織。

一九八〇年代我以學生身分訪問聖塔菲，來該地參加學術研討會。這是我初次的學術經驗，

圖二：我念書時的名片

指導教授幫我印名片（圖二），在會議分發以加強和其他學者交流。當時我並無學術論文發表，指導教授特別掏腰包，出錢讓我參加會議見習。聖塔菲是很漂亮的墨西哥式城市，有很棒的墨西哥餐廳。不過吃了三天的墨西哥食物後，就受不了，到處找麥當勞之類的速食餐廳。第一次訪問墨西哥式的城市，感覺新鮮，我買了紀念品，帶回木製墨西哥彩繪沙鈴（Mexican Aracas）給小孩玩，被打破一支，還有一支尚存，距今也超過四十年了。我也買了墨西哥跳豆（Jumping Beans），它還真的在盒子跳給你看呢。

一九九〇年後我在貝爾通信研究公司（Bellcore）工作，因公務和羅斯阿拉莫斯（Los Alamos）國家實驗室合作，必須到該實驗室討論研究事宜。羅斯阿拉莫斯國家實驗室的前身是第二次世界大戰時發展原子彈的地方，出入管制嚴格。我是外國人，沒有美國身分，不能入內，羅斯阿拉莫斯實驗室的研究員只好相約在就近的聖塔菲討論。

一九三九年八月二日愛因斯坦（圖三）致函羅斯福總統（Franklin Delano Roosevelt, 1882-

圖三：愛因斯坦
（Albert Einstein, 1879-1955）

圖四：格羅夫斯
（Leslie Richard Groves, Jr, 1896-1970）

1945），敘述納粹發展原子彈的可能性，因此美國應當搶在納粹之前研製出原子彈。這封信促成了曼哈頓計畫（The Manhattan Project），在羅斯阿拉莫斯集合美國最優秀的科學家，建立了原子彈實驗室，被笑稱爲諾貝爾獎的集中營。曼哈頓計畫的負責人是身材魁梧的格羅夫斯將軍（圖四），他於一九一八年畢業於西點軍校，辦事幹練，以勇於實踐及負責著稱。物理學家奧本海默（圖五）向格羅夫斯建議成立試驗場地，地點選擇在聖塔菲附近的不知名沙漠區（即是今日的羅斯阿拉莫斯）。格羅夫斯同意，並由奧本海默擔任實驗室主任。一九四二年十二月費米（圖六）在芝加哥大學成功建造第一個核反應堆（Nuclear Reactor），這個

圖五：奧本海默（Julius Robert Oppenheimer, 1904-1967）

圖六：費米（Enrico Fermi, 1901-1954）

重大突破被稱爲「義大利航海家剛剛到了新大陸。（Italian navigator has just landed in the new world.）」費米的實驗證明原子彈的可行性，在奧本海默的領導下完成三顆原子彈，第一顆在沙漠試爆，剩下兩顆投彈日本，造成廣島和長崎的巨大災難。事後奧本海默深感內疚，曾對杜魯門總統（Harry S. Truman, 1884-1972）表示自己手上沾滿了鮮血。愛因斯坦同樣陷入痛苦和後悔，說當初致信羅斯福，提議研製核武器，是他一生中最大的錯誤和遺憾。至今聖塔菲仍留下許多這些科學家的遺跡。

品川拉麵七達人

二〇一二年我到東京參訪，有人推薦品川車站旁的拉麵七達人相當有名，於是到此一遊。日文「品達ラーメン麵達七人衆」，是指集合在品川的七位拉麵達人。二〇〇四年時，品川號召全國各地著名的拉麵店，集合在此，成爲拉麵七達人。這些達人各有原來的店鋪，聚集在此，其實是相鄰競爭的。這個奇特做法，可以編出故事，成爲推廣觀光的亮點。「七人衆」讓我想起日本著名導演黑澤明（圖一）的《七武士》（七人の侍）。

故事背景爲日本戰國時代末期。當時有不少武士淪落爲山賊，到處搶劫村莊。貧窮的村莊被搶怕了，決定向外尋求援助，抵抗山賊。這班貧困村民拿著寶貴的白米飯，抵用保護費，打動了七位流浪武士，慨然相助。山賊襲擊時，七位武士和農民並肩作戰，奮力抵抗，付出了慘重的代價，武士中有四人陣亡。大戰過後，武士們離開村落，武士中的首腦人物勘兵衛感嘆地

圖一：黑澤明（Akira Kurosawa, 1910-1998）

圖二：尤伯連納（Yul Brynner, 1920-1985）

說：「這也是場敗仗……贏的並不是武士，而是農民。」

《七武士》被美國導演史塔奇（John Sturges, 1910-1992）翻拍成好萊塢電影《豪勇七蛟龍》（*The Magnificent Seven*）。本片敘述土匪侵擾善良的墨西哥小鄉村，鄉民集資召募七名美國鏢客，抵抗百名土匪。男主角尤伯連納（圖二）和七位勇士鏢客在結識過程，各自顯現高強功夫的特色，很有賣點。和《七武士》相同，以少擊眾的激戰中，七名鏢客死了四位。土匪頭子中彈斃命前，喃喃自語：「爲什麼會這樣？」不明白爲何敗給七位鏢客。

既然美國好萊塢能翻拍《七武士》，「品達ラーメン麵達七人衆」一定也能編出一套吸引觀光客的故事，例如七位拉麵廚師在成長過

圖三：世田屋拉麵

程，各自展示廚藝祕技（先出版一系列的漫畫，再拍電視劇）。我心中遐想時，逛了這七家拉麵店，進入最後一家「世田屋」（せたが屋）。世田屋曾經進軍紐約，因得獎造成轟動。這家紐約版的世田屋Ramen Setagaya最後好像關店了。世田屋利用門口的販賣機點餐。投入錢幣，按了選擇餐點的按鍵後，出現一張票券。將這張票券交給跑堂，就完成了點餐的程序。我點了「一號餐」せたが屋らーめん，價格是一千日圓。一號餐冠上店名，應該是招牌料理。跑堂將拉麵端出，擺在桌上。我未動筷子就先流口水（圖三）。大碗擺飾豬肉、海白菜、海苔、叉燒、軟煮雞蛋等配料，顏色搭配賞心悅目，魚湯顯得格外鮮美，吸足湯汁的細麵口感很好。吃完拉麵，心滿意足，頗有幸福感。

高山稻荷神社

日本到處有神社，我二〇一二年參訪東京，下榻飯店附近不遠處有一座高山稻荷神社（Takayama Shinto Shrine）。此神社在十五世紀時建築於靠近品川駅（Shinagawa Station）海邊的小山丘，大概要爬兩百個石階才可達神社，故名高山神社。當年進入港口的船隻可遠遠看到山丘上的神社，將之當爲地標。明治初期（約一八六八年），毛利公爵將神社遷移到現址。據說明治天皇曾下榻於此。一九二二年關東大地震，神社受損，規模縮小。一九三一年，神社重建，是今日我們看到的模樣。東京寸土寸金，這個神社逐漸被擠壓，周圍被品川商業區的高樓大廈環繞。神社前有一個造型簡單的鳥居（圖一），由兩根支柱及兩個橫梁組成，上面掛有題字的匾「高山稻荷神社」。「鳥居」的「鳥」（とり）專指雞這種鳥類，因此鳥居就是「雞架」。據日本神道教傳說，天照大神躲在山洞，人間沒了陽光。日本人要騙大神出洞，就立了

圖一：品川高山稻荷神社前的鳥居

支架，將公雞放在上面啼叫。天照大神好奇出洞，世界重現光明。這個支架是日本第一個鳥居，後來演變爲區分神域與人類世俗界的「結界」，代表神域入口的「門」。鳥居多爲木製，明治神宮的鳥居來自台灣阿里山的神木。

鳥居後有一對石狛犬（圖二）。狛犬是古印度的佛教產物，從中國經由朝鮮半島傳入日本。神社的石狛犬其實是由中國看門的石獅子演化而來，由門內向外看，左雄右雌，成對擺放。傳統的公獅張口玩弄繡球，雌獅則閉口撫摸幼獅。品川高山稻荷神社擺了兩隻張口玩弄繡球的石狛犬，莫非都是公的？我很好奇地畫出應該是母狛犬的石像，怎麼看都像是公狛犬（圖三）。

日本神社正門外都有拉鈴，鈴鐺下方是一個納奉箱。拉鈴相當於按門鈴，告訴神社裡的神靈，有人來參拜了。參拜的標準程序如下：先拉鈴，接下來投硬幣到納奉箱，拍三下手，在第

圖二：品川高山稻荷神社的石狛犬
（こまいぬ，koma-inu）

三下時雙手合十許願。品川高山稻荷神社供奉的神祇是《古事記》中的宇迦之御魂神（ウカノミタマノカミ），《日本書紀》則稱之倉稻魂命（ウカノミタマノミコト），是掌管食物的神祇。此神明的別名「御饌津神」（ミケツノカミ）與狐狸古日語發音「けつ」有關，所以狐狸自古便被視爲稻荷大神的使者。我大學時模仿畫了《怪博士與機器娃娃》（Dr. スランプ，Dr. Slump）中愛吃稻荷壽司的狐狸，考試前特別喜歡看這隻穿著跑鞋的狐狸，彷彿邊跑邊加油，可以爲考試打氣。

品川高山稻荷神社沒有狐狸使者，卻有一隻肥胖的大貓，獨自在神社木製的地板巡梭。夜晚我在神社拉鈴時，大貓悄悄出現，默默在旁邊觀禮。我很高興地和貓兒招手。貓咪似乎自恃身分，很莊嚴地點點頭，緩步離去。第二天清晨，我又到神社，希望能再見到這隻貓。貓咪果然又出現了，但仍然不肯讓我觸摸。我拍了幾張「貓廟公」照片後（圖四），也快速畫了這隻

圖三：我畫石狛犬

圖四：品川高山稻荷神社的「貓廟公」相當肥胖，顯然被供養得很好。

貓（圖五），不捨地離去。稻荷大神主管豐饒，配合時代的演進，變成掌管財富的神祇。日本企業很喜歡參拜稻荷大神，難怪品川高山稻荷神社周圍的商業大樓如雨後春筍般的林立。

圖五：我畫「貓廟公」。

永遠的雪風

我媽媽於二〇一八年安眠於台中市的寶覺禪寺，該寺屬於臨濟宗。該寺有台中第一座彌勒大佛像，我小時候常在該寺玩耍。以前不曾注意寺中有存放骨灰，也不曾感覺該寺有濃厚的日本風味。媽媽安葬於此後我才注意到寺中的遺骨同時包含了二次世界大戰身亡的台籍日本兵與日本兵。禪寺有一日本人遺骨安置所（圖一），題名者為井口貞夫（1899-1980），他曾任駐中華民國大使。二〇一九年初我在此遇到日本訪客，其先人骨灰在此，陣亡於一九四三年三月時之海戰。我熟悉二次世界大戰歷史，告訴日本人一九四三年三月時之海戰應該發生於俾斯麥海（Bismarck Sea），並告訴他不死鳥雪風的故事。日本人頗興奮，說他看過《驅逐艦雪風》這部電影。

一九四三年三月二日至三日盟軍在俾斯麥海（Bismarck Sea）對大日本帝國海軍的運輸船

圖一：日本人遺骨安置所

隊進行轟炸行動，殲滅了日軍船隊。在這次攻擊行動，盟軍首次使用了跳彈攻擊戰術，於低空高速投擲炸彈，使炸彈如打水漂般地擊中船隻的水線，造成七艘日本運輸船以及三艘驅逐艦中彈。當時運輸艦在海戰中被擊沉時，有一艘日本驅逐艦「雪風號」救助倖存的船員，將他們運往巴布亞紐幾內亞的萊城（Lae）。「雪風」在二戰期間參與十六次以上的作戰，幾乎毫無損傷，並屢獲戰果，被稱爲「奇跡の驅逐艦」。

一九四七年七月，戰敗國日本將「雪風」移交至中華民國。艦上的日本乘組員們在移交前，仍細心地整備，保養艦隻。聯合國監交官員感嘆「戰敗國的軍艦仍不理後事，細心地整備及保養艦隻，眞是令人驚歎」，雪風船員如此的敬業精神，難怪在無數戰爭中能全身而退。該艦後來改名爲「丹陽艦」（DD-12）。我的好友，聞名世界的無線電大師李建業博士（圖二）曾在丹陽艦服役，根據他的回憶，丹陽艦空間狹小，而他的身材高大，行動很不方便。丹陽艦老舊，並無

圖二：李建業（C. Y. William Lee）

火控系統與雷達爲主炮，只好裝了一個假雷達欺敵，面對中國人民解放軍海軍的快速炮艇及魚雷艇時，相當吃力。即使如此，一九五九年八月三日，老舊的丹陽艦與中國人民解放軍海軍二艘巡洋艦（應該是近海巡邏艦）交戰，擊沉一艘、擊傷一艘，本身無傷，眞是神奇。

二〇一五年我擔任科技部政務次長時，國防部副部長告訴我，民國五十五年丹陽艦除役，其俥葉現存於海軍司令部大直營區（圖三）以及海軍官校（圖四）。主錨則贈與日本，現存於江田島的海上自衛隊學校。

圖三：海軍司令部大直營區的丹陽艦俥葉

圖四：海軍官校的丹陽艦俥葉

書籍是靈魂的鏡子

每次到北投，都是公務，事情結束，即匆匆離去。總算有一次有閒暇，和太太及友人，放慢腳步，走進了北投公園。本想逛溫泉博物館，卻因新冠疫情閉館。就進入了隔壁的圖書館（圖一）。這是台灣首座綠建築圖書館，有相當的創意。在館內閒逛時，心血來潮，在電腦前查詢，九歌出版社爲我發行的三本書是否有收錄在圖書館。我發現本書被歸類於現代文學，

圖一：台北市立圖書館北投分館（台北市立圖書館）

圖二：吳爾夫（Virginia Woolf, 1882 –1941）

頗爲惶恐，因爲我實在是文學的門外漢。我的書有的被借走，有的躺在書架乖乖休息。腦中忽然閃過英國著名作家吳爾夫（圖二）的說法。

吳爾夫致力於寫作，認爲書籍是靈魂的鏡子。她說，只要寫你想寫的東西，無論你寫了一輩子還是只持續數小時，都是生命重要的過程。她也一直探索他人的靈魂，在街頭巷尾尋找二手書，說他們是無家可歸的野書（wild books），成群結隊地聚集在一起，擁有被圖書館馴化的書本所缺乏的魅力。我心中莞爾，我的書是被圖書館馴化的書本。

看著伍爾夫的照片，我總感覺她帶著悲傷、遙遠的抑鬱表情。她最終在一九四一年自殺。伍爾夫對性別的信念，遠遠領先她的時代，對二十世紀文學和女權主義有巨大的影響。她在政治、戰爭和性別愛情等不同主題表現出無窮無盡的智慧。伍爾夫及伍德哈爾（Victoria Woodhull, 1838-1927）是我最喜愛的女權主義者。

離開圖書館，沿北投公園的小徑散步，意外發現園區內有座充滿詩意的文學步道（圖三）。平行於步道，距離不遠處即是喧鬧的街道，而文學步道卻呈現出另一個寧靜的世界。我想著伍爾夫的話：「無論以何種方式，我希望你能擁有足夠的錢來旅行和放空，思考世界的未來或過去，夢想著書本和在街角徘徊，讓思路深入溪流。（By hook or by crook, I hope that you will possess yourselves of money enough to travel and to idle, to contemplate the future or the past of the world, to dream over books and loiter at street corners and let the line of thought dip deep into the stream.）」

圖三：北投文學步道入口

編輯：作家的推手或殺手

托爾斯泰說：「寫作要修改，改三遍或四遍都不夠。」作家的文章需靠有經驗的編輯來潤稿。如果修飾得宜，文章的價值就會提高。潤稿的訣竅是流暢易懂、內容清晰明瞭。即使作者寫作能力不錯，出版社仍會投入資源請編輯進行潤稿，以確保文章符合出版旨趣。

經驗再豐富的作家也無法編輯自己的作品。你的大腦會對你玩弄把戲，很直觀的以自己的角度書寫，而無法顧及他人能接受的角度。換言之，對你來說很有意義的事物很可能對其他人沒有意義。此時由旁觀者清的專業編輯潤稿後，作品可因重塑後大幅改進其可讀性。

偉大的編輯是作家的推手。例如一九一七年編輯柏金斯（Maxwell Evarts Perkins, 1884-1947）不顧出版社文學顧問的反對下，買下一位年輕人的第一部作品版權。透過數次的修改潤稿後在一九二〇年出版，這位默默無聞的年輕人費茲傑羅（圖一）一炮而紅。一九二五年柏金

圖一：費茲傑羅
（F. Scott Fitzgerald, 1896-1940）

斯對費茲傑羅的《大亨小傳》進行了重大編輯，被認爲是該書持久成功的重要關鍵。

一九二五年，費茲傑羅介紹一位剛踏入文壇的窮作家給柏金斯。在帕金斯發掘下，窮作家在一九二六年出版了小說《春日洪流》（*The Torrents of Spring*）。這位作家是海明威（Ernest Hemingway, 18969–1961）。面對反對海明威使用粗話的人，帕金斯在編輯海明威的作品時，也堅定地支持他。

偉大的編輯也可能是作家的殺手。例如編輯利希（Gordon Lish, b. 1934）會採取激進手段，徹底改變作家的作品使之更好。他以大刀闊斧的手法，對卡佛（Raymond Carver, 1938 –1988）一九八一年的短篇小說集進行了一半以上的刪節，然後自行修飾，添加細節。結果這本書成爲美國短篇小說中的經典之一。利希的策略幫助定義了卡佛所謂的極簡風格，而卡佛對利希的影響則是愛恨交加。

作家和編輯的爭議在所難免。羅琳（J.K. Rowling）將《哈利波特》系列第五本書命名爲《哈利波特與鳳凰會的密令》（*Harry Potter and the Order of the Phoenix*）。她的編輯李文（Arthur Levine）認爲這個書名太長了，建議簡化爲只有《哈利波特與鳳凰》（*Harry Potter and the Phoenix*）。然而，羅琳堅持「密令」這個詞是標題的重要部分，傳達了故事的重要意涵。她最終贏得了爭論，這本書以原始標題出版。

如何成爲好編輯?戈特利布（Robert Gottlieb, b. 1931）表示，不要把編輯視爲「自我榮耀」的工作，也不應該有獲得作品成功任何功勞的心態。編輯有權做出修改，但這並不意味可以完全刪除作家的內容。編輯是潤飾已寫好的內容，而不是重新創作。雖然編輯有權判斷作家寫作方式是否可接受，但必須小心不要強加自己的個人觀點，過多地發揮自己的寫作風格。作家和編輯意見不合時，需要一個相互理解和尊重的磨合過程以達成共識。成爲作家的推手或是殺手，全在編輯的一念之間。

鏡花雪月的科學演進

二〇二三年初一支韓國研究團隊聲稱發現了一種潛在的室溫超導材料LK-99，這一消息造成一家美國超導公司的股價急速飆升。然而，這家公司僅是名字巧合，實際業務與超導材料無關。這項聲稱引發了全球材料科學界對於這一現象的複製實驗熱潮。然而，越來越多的實驗結果表明，LK-99並非真正能達到室溫超導的境界，這只不過是一場鏡花雪月的美麗神話。這使我回想起過去的一段往事。

一九九〇年我在貝爾通訊研究公司（Bellcore）擔任研究科學家，主要任務是發展創新的通訊系統。因此常有機會審視同仁們撰寫的計算機程式。有一群研究員寫程式的風格非常特別。一般人在寫迴路時會用「for」或「while」結構。而這些人的程式完全看不到這些我們常用的迴路結構，而是用「遞迴」（recursive）迴路。有時串出很巧妙的程式，有時卻又是殺雞用牛刀，令我大開眼界，看得嘖嘖稱奇。

我和這群人的對話中了解到，他們皆爲物理學家，原來在公司內負責研究超導體材料。身爲超導體材料的研究者，他們如何改行，進入程式設計的領域，實在令人好奇。

這牽涉到一九八七年的諾貝爾物理獎，當年該獎項頒發給了比得諾茲（J. Georg Bednorz）和米勒（圖一），表揚他們於一九八六年在陶瓷材料鑭鋇銅氧化物（La-Ba-Cu-O）中首次發現了臨界溫度爲35 K的「高溫超導體」現象。隨後，在比得諾茲和米勒公布成果幾個月後，朱經武團隊發現了釔鋇銅氧化物（Y-Ba-Cu-O）的超導臨界溫度達到93 K，成爲首個超越液氮沸點（77 K）的超導體材料。正是這連串的突破性發現，讓比得諾茲和米勒開啓了陶瓷高溫超導體的全新時代，而朱經武團隊則進一步改良並提升了超導臨界溫度，爲該領域帶來突破性的進展。

圖一：米勒
（K. Alexander Muller, 1927-2023）

當朱經武將其成果投稿科學期刊

時，Y-Ba-Cu-O 被筆誤寫成 Yb-Ba-Cu-O，直到校樣時才更正。在審查朱經武論文時，大概風聲走漏，很多研究學者用了論文誤寫的材料複製實驗。這個筆誤的材料成本可不便宜，搞得這些人賠了夫人又折兵。

當時全球有好幾個團隊幾乎在朱經武團隊完成的一、二週內發現並成功製作出了釔鋇銅氧化物。和我聊天的Bellcore物理學家則宣稱他們比朱經武團隊更早合成出釔鋇銅氧化物，只是完成後就將之束諸高閣，放在實驗櫃，去玩別的研究了。公司老闆氣壞了，覺得這群物理學家錯失良機，浪費公司的錢，就將部門裁撤，要他們改行，去寫交換機的程式。其實公司裁撤部門不會因爲這種單一事件就做決定的，只是談起往事，大家都喜歡加油添醋。

這群被迫轉行的物理學家相當樂天知命，笑口常開，眞正是「人生如茶，香濃苦澀皆是風景。」

九　歌　文　庫　　1418

旅途遇貓

國家圖書館出版品預行編目（CIP）資料

旅途遇貓／林一平著 . -- 初版 . -- 臺北市：九歌出版社有限公司，
2023.11
224 面；14.8×21 公分 . --（九歌文庫 ; 1418）
ISBN 978-986-450-617-0（平裝）
863.55　　112016871

作　　者 —— 林一平
圖片提供 —— 林一平
責任編輯 —— 張晶惠
創 辦 人 —— 蔡文甫
發 行 人 —— 蔡澤玉
出　　版 —— 九歌出版社有限公司
臺北市 105 八德路 3 段 12 巷 57 弄 40 號
電話／ 02-25776564．傳真／ 02-25789205
郵政劃撥／0112295-1

九歌文學網　www.chiuko.com.tw

排　　版 —— 綠貝殼資訊有限公司
印　　刷 —— 晨捷印製股份有限公司
法律顧問 —— 龍躍天律師．蕭雄淋律師．董安丹律師
初　　版 —— 2023 年 11 月
定　　價 —— 360 元
書　　號 —— F1418
I S B N —— 978-986-450-617-0
9789864506149（PDF）